借你看看我的貓

張馨潔

目次

如此懺悔，如此無悔

陳芳明

依稀記得第一次與張馨潔的見面，是在東海大學的校園，她從我手中接受她生命中的第一名散文獎。多少年後，記憶已呈模糊。再次與她相遇，是去年在星雲全球文學獎的散文頒獎典禮。這或許是一種緣分，距離她最初的獲獎好幾年已經過去。她看來非常內向，在沉默時刻，她好像是在跟自己說話。那一年的那一個季節在大度山校園，就已經看見她不斷說話的眼睛。十二月的頒獎典禮在高雄佛光山舉行，張馨潔是獲獎者。再次相遇，我發現她的眼睛又在說故事。她保持高度安靜，卻似乎有話要說。到達高鐵車站時，接到她傳來的簡訊，才知道她正在整理第一本散文集，希望我可以幫她說幾句話。

我對於年輕作者的書寫總是抱持高度好奇，畢竟他們未來的生命於我是遙不可及。我曾經說過，耗費那麼多年營造一冊文學史，其實都是回頭閱讀前人的作品。那是一種往後看的閱讀，畢竟他們的藝術成就與作品風格都已經巍然成形。一眼望去，崇山峻嶺都已經羅列在那裡。而即將崛起的年輕作家，正在展開造山運動。我無法預測未來的藝術成就有多高，那畢竟是我無法到達的世界。只能從他們目前所完成的文字藝術，去推測未來可能的高度與寬度。張馨潔寄來她的文字稿時，確實讓我有驚豔的感覺。那樣年輕的心靈，竟然負載著那麼豐富的情緒震盪。在她文字之間穿梭時，我刻意放緩速度，只為了更真切去體會她落筆時的感覺。

散文藝術的營造，並無任何捷徑可循。她最初出發時，便是從內心最幽暗的地方展開長途冒險。她避開許多瑰麗的顏色，也避開許多鮮豔的詞彙，而是勇敢走入深不可測的內心世界，把最不堪的記憶完整挖掘出來。她看來是那麼年輕，卻已經嘗盡各種滄桑滋味。有太多作者刻意躲開難以啟齒的時刻，她卻選擇勇敢面對。這正是她營造散文藝術的關鍵之處，她帶著讀者走入沒有任何出口的空間，利用每一個文字照亮任何光線所無法到達的深處。她的書寫策略，便是誠實面對。在散文書寫的版圖裡，親情往往最容易營造。但是這樣的議題，對張馨潔卻是相當困難的挑戰。她的筆尖所到之處，總是揭開歲月裡最難堪的深處。當她選擇用文字來觸探自己困頓的生命，彷佛是揭開傷口那般，即使已經痛過，卻還要再一次接受自我凌虐。

從最初的參加文學獎，到現在卓然成家，顯然已經穿越過太多難以承受的時刻。太過年輕的生命，太過沉重的生活，逐漸轉化成為她的文字藝術。如果那是從靈魂深處所迸發出來的聲音，在深夜裡徘徊在她的文字之間，也覺得震耳欲聾。在〈挖掘的練習〉那篇文字裡，第一段就是整篇散文的開始，也是結束：「那一晚我決定在舊家門前望著夜晚開啟的燈光，雖然我想念那個家，卻再也不敢踏進去。鑰匙，也在很早，很早的時候就被我丟入垃圾桶。」這是一位離家女孩的內心聲音，即使沒有追蹤下文，卻已經在讀者眼前浮出一個不堪的意象。這樣的句法其實也可以當作短篇小說的開頭，甚至也可以作為整個故事的結束。這正是張馨潔書寫手法最令人感到震撼之處。沒有穿越過那樣的情境，沒有在靈魂深處經歷多少掙扎，以這樣的句法作為散文的開端，是極為果敢的書寫。

離家出走的她，仍然與母親保持斷斷續續的聯繫。讓她不斷流淚的母親，畢竟還是母親，這正是散文作者無法逾越的關卡。母親改嫁之後，與繼父有新的家庭。母女的感情仍然還是無法切斷，也無法割捨。在最難堪的時刻，她仍然堅守著「我愛她」的底線。那種上下震盪的感情，那種矛盾衝突的記憶，是那樣決絕與她的日常生活共存下來。她只能以這樣的文字來形容自己的狀況：

交纏的關係如同一條濁濁恆河，牲畜的排泄物、飯菜殘渣、夜晚的絮語、遺落的拖鞋、沉積的願望、洗米水、血液、帶膿的紗布……種種生活遺跡灌注其中，一路洗滌、沖積，一路浮浮沉沉，緩緩的向下流動走到世界的盡頭，再重新化成乾淨的雨水回返。若要掙脫這場恆河洗浴，大概只有憎水的貓。

這是非常不堪的描述，卻又是極其真實的自況。身為她的讀者，我也常常聯想到在海外時期的難堪與不堪，甚至也以這樣的句子自勉：「人生有太多的回不去，也有太多的過不去。」無論如何，最後都跨越了。在馨潔的文字裡穿梭之際，卻覺得她的生命不斷沉下去，甚至持續沉下去，完全無法理解她是如何跨越那樣的歲月。所有的記憶如果以文字銘刻下來，就意味著她堅持不忘。仍然面對那樣的記憶，其實是再一次劃開傷口。她的決心、她的無悔，是如此真實讓讀者確切感受。

我不知道馨潔是不是有宗教信仰，在東方文化裡似乎很少出現懺悔的文字。在西方因為有天主教與基督教的信仰，文學史上往往出現許多懺悔錄的書寫。那是因為透過這種文字的洗禮，為的是向上面看不見的神表達悔意。在中國文學發展的歷史上，懺悔意識很少出現。因為在人人可以成為聖人的國度，似乎無需經過告解的儀式。馨潔顯然與這樣的文學傳統背道而馳，她的文字寫得那樣真切，即使是旁觀的讀者也被感染了。

如此年輕的寫手，過早嘗到各種淒涼的滋味。在任何情境都已經學習了如何超越，又如何疏離。當她完成〈寫給大人的迪士尼攻略〉，讓讀者非常期待作者能夠寫出一些歡樂的氣氛。身處日本的迪士尼樂園，應該會讓許多遊客喜極而泣。馨潔卻是這樣收尾：「但你不會哭的我知道，因為你歷經千山萬水，好不容易走到一個沒有眼淚的地方。」這是非常厲害的書寫技巧，縱然置身於極為開懷的樂園，卻還是無法洗刷她曾經哭過的歲月。閱讀到這裡，不免使人感到心痛，完全不知道如何回應她是如此收束。

她旅行到哈爾濱時，卻是以這樣的句法開始：「難以割捨這樣長長的迴旋，有時我喜愛移動更甚抵達。在時間的耗損之中無所事事，少有像這樣不帶慚愧的時候，因為我在移動，放空是必要的。」以這樣的句法展開旅行，彷彿有太多的千言萬語在鐵道的盡頭等待。只有不斷移動，她才能放空。面對車窗外漫長的雪景，她似乎無法停止在內心與自己對話。這樣的文字描述，似乎隱藏多少說不盡的故事。如果她關在室內，可能會不斷自我壓抑。只有投入遠方的旅程時，所有的故事與記憶才稍稍中斷。而這也正是馨潔散文的動人之處，每一篇文字都是冰山一角，真實的故事面貌都隱藏在水底下。縱然她繳出這樣一冊豐富的散文集，總覺得每篇文字都處在未完狀態，或是有一種待續的結尾。似完未完，似續未續。好像經過她的精心布局，閱讀之際，卻又覺得是那樣的不經心、不經意。很少看過如此迷人而又惱人的文字，有時讓人無言以對，有時也讓人想要介入。而她的文字卻總是冷冷坐在那裡，只能讓讀者遠遠觀看。

二〇一九年五月十六日於政大台文所

因為在愛中，你都得原諒

張輝誠

「愛是血寫的詩／喜悅的血和自虐的血都一樣誠意／刀痕和吻痕一樣／悲懣或快樂／寬容或恨／因為在愛中，你都得原諒」這是詩人敻虹〈詩末〉第一章，我看馨潔新書《借你看看我的貓》，腦海時不時浮現這首詩。

我相信將來會有更多評論家，稱讚馨潔這本初試啼聲的散文集，散發出難以掩抑的早慧才情、靈敏犀銳的觀察、高度駕馭文字的能耐，以及細膩情感的描繪、清明而冷熱相間的覺察與洞悉，甚至各種寫作技巧、形式之調控的靈活變化——這些能力，將來還會越發精練、越發純熟，不斷突破，但此刻來看，都已經露出了晶芒，像已然細細打磨過一回的紅寶石。

但我卻想集中去談論此書最大主題：「母親」。還有作者如何描述與母親的情感，以及母親帶給作者生命深處種種牽扯的千絲萬藤。

作者母親歷經一次離婚，帶著三個女兒到了澎湖，再婚，再婚後幾年，再次離異，返回台灣。如此重大家庭變故，連大人未必可以平和承受，更何況是小孩呢。但對作者而言，如此巨大衝擊，往往都還只淪為事件敘述的背景，因為真正帶給她一生風暴的源頭，並不是家庭變故，而是主角之一，「母親」。

在作者的筆下，母親生性猜疑、沒有安全感、易怒、喜怒無常、控制欲強，即使母親想表現出對女兒們的關懷與愛，但應對姿態與語言卻經常適得其反，慣性而出的指責、威脅、厲罵和體罰，讓女兒們感受不到母親的愛，感受到的卻是母親的憤怒、無理，甚至是對母親的恨。女兒們明明愛母親、想愛母親、想表達出對母親的愛，但又不知如何做、如何說、如何表達，久而久之，女兒們一個個學會了沉默，以及最後的決裂，離家——明明彼此之間相愛、甚至相依為命的母女，想愛，卻不知如何愛、如何表達愛、如何連結彼此渴望愛的心靈，最後還演變成長期的相互傷害。

作者最後也選擇了離家，獨立在外賃居，求學、打工，作者多篇文章提及租屋處，以及租屋生活種種，即使租屋處褊狹簡陋，作者都能感受到一份小小的安定、小小的幸福、小小的平靜——其實這些都是源自於「逃離家庭」、「逃離母親」、逃離一直以來難以面對的家庭傷害，終於找到一方獨立小天地，得以暫時喘息、暫時安頓。換句話說，小幸福，是對比出來的，家中苦悶，離家，都是幸福。

只是原生家庭的影響並不會隨著作者離家而遠離，反而用一種看不見的方式繼續盤根錯節、藕斷絲連。最明顯的影響就是，母親的「指責」，終究讓敏感如作者這樣的女兒，學會了「打岔」和「討好」。

打岔，最常見的表現就是「沉默」。如母親罵她，她並不辯解，而是選擇沉默以對。沉默的另一種形式，即是常見的「冷戰」，在〈海潮紀傳體〉作者寫到隨著母家改嫁澎湖轉讀新的小學時，全班只有一位願意理她、同她說話的同學怡君，後來她又轉學回台灣，「當時，為了哪些至今都想不起的理由，我與她嘔了一陣子氣，是潛意識中對她擁有幸福家庭的忌妒嗎？我後來只與另一位同學聯絡。幾個月後，還能背得起她家電話，我打給她，她在電話裡氣憤的說『你怎麼可以這樣？你當初來，被全班排擠，是我陪著你的耶！』」讀來讓人驚心，是的，明明友好的情誼，卻因為嘔氣，再次出現了沉默（冷戰）的應對姿態，結果兩敗俱傷。再者，「打岔」的另一形式，就是「逃離」，作者選擇了逃離母親、逃離家。

討好，則經常表現在「取悅他人」。討好的應對就是，過度在乎對方、在乎所處的情境，但不太在乎自己。所以作者經常為了「取悅母親」，可以一而再的委屈自己，作者的妹妹也是如此。「取悅他人」的討好姿態，一旦習慣了，將來也同樣會如影隨形跟著作者往後人生，如她大學時談的第一場戀愛：「他等的是他自己，我等的也是他，沒有自己。當時所能做的僅是為他放一杯自己打的果汁，在系圖的抽屜，或加上一張卡片。多數時刻我總是在等待，等待他所承諾的那個考上好學校的時候，來好好經營我們的愛情。」（〈時間仍然繼續在走〉）討好的人，其結局往往就如作者所說：「善於體諒的人也就沒有了自己那金榜題名的時刻。」

但敏感如作者，在打岔與討好之間，在離家獨立與回家依戀之間，在沉默以對與母親風暴之間，在取悅母親與取悅他人之間，在來回擺盪與選擇之間，彷彿她逐漸意識到了、發現到了自己的內在資源，因此她的愛可以擴大到貓貓狗狗，以及一切動物身上，又延伸到看起來孤僻不已的自我，而觸及到了正常社交生活（甚至還創了業），但一方面又在固著的應對姿態中擺盪來去，討好她人、沉默以對，不知所措的時刻，又容易陷入自責，自責自己沒有做好、沒有做得更好、應該還可以做得更好。

我覺得馨潔此書之珍貴，正在於此，馨潔讓這些生命中的愛恨、困頓、迷惘、難處，像打開生命的卷軸一般，讓這些歷歷往事、往事中的情緒、情緒內的掙扎、掙扎中的暈眩、顫抖和淚水，全都一股腦兒攤開，讓烈陽曬一曬，然後從中得些光、溫暖和能量。

光、溫暖和能量，存在嗎？我相信馨潔相信，她在〈背脊路向後轉〉寫到：「我逐漸說服自己，我的身體是我的家，而不是近年南北遊走中的任何一處。房子或是房間，想像重新用靈魂穿過我的四肢，由右上臂進入，感受穿過肌肉的擦聲，由領子那套入腦袋，從大腿根部穿入我的腳，調整細微之處的皺褶，直至合身。這是我的家，只有這麼想能令我不寂寞。」是的，就是這幾句話，轉譯成最簡單的意思，那就是，細膩的覺察自己的身體；感受自我的存在與價值、深深地疼惜自己、照顧自己、愛自己。

因為，唯有先愛自己，才有能力去愛別人，而不會委屈自己；唯有照顧好自己，才能照顧好他人，而不會傷害自己；唯有先感受到自己的存在與價值，才能感受到她人的存在與價值，而不會一昧犧牲自己。

我相信馨潔已然接納這一切發生的種種，家庭的、母親的、所有經歷和選擇過的一切，即使「我至今仍搞不清楚是憎恨母親或是愛著她，愛恨交雜之間，妄念紛飛。」也能接納自己的感覺、自己的情緒、自己的愛，也能接納自己的恨、自己的妄念紛飛，然後在自己可以逐漸平和而達到「一致性」的當下，覺察到自己的母親啊，她也有她生命中數不清的辛酸、無奈、壓力、苦楚……終於在看到母親的不足和缺失，同時也看到母親的好、母親的優長、母親的資源：堅強（「記得國中的時候，與母親談起死，她告訴過我『如果你有一天真的很想死，記得把自己當作一台機器，用盡力氣的工作、累了就睡，什麼都不要想，度過去，不要死。』」）、自重（「因為我們不能給任何人添麻煩，更不能讓人看不起，這是母親從我小時候就一直叮嚀的話」）、充滿韌性（「她在愛情裡追逐、失落，唯一能把握的只有孩子，離婚的時候堅持將孩子帶在身邊」）、美好盼望（「她（註：母親）常常告訴你們『以後我們要買一塊地，蓋一棟大樓，一人住一層，樓下還可以開間餐廳，讓大家隨時回來都有飯可以吃』」），意識到並感受到了母親的能量，也接納了母親的不足——因為懂得，也就逐漸釋懷，變得慈悲了。

如此，便更加驚訝於夐虹的詩句，竟如此準確：「因為必然／因為命運是絕對的跋扈／因為在愛中／刀痕和吻痕一樣／你都得原諒。」——原諒他人，說到底，其實也是為了善待自己，讓自己的內在世界與真實世界，都同樣平坦而遼闊起來。

推薦序

借你看看我的情敵

蔣亞妮

我經常在無助中讀書，卻不是無助於生活中的某種狀態，而是無助於文字的著落。究竟我所讀到的這一截故事、詩歌與字，是否就是這個作家與時代的高光時刻；這些字的碰撞之聲，是來自高原或是低谷，若我要與「它」相遇在最好的時刻，該極目去追，或迴身去找？

這樣對文字的無助與渴求，大概出自於深愛。

雖然是愛，也分等級。忘了多少年前，我曾在某本百萬字暢銷言情小說裡看到，兩個主角歷盡磨難，最終在一起後，開始攀比起是我愛你多或你愛我深，而在前三名榜單裡，唯一比「日久生情」、「命中注定」更壓倒性的愛，竟是「一見鍾情」。

我與散文便是如此，就要不知所起，才能一往而深。在我曾浪遊過的文學風景裡，幾乎沒有一盞聚光燈只專注打在散文身上，它始終是一款嘗試小品，一道抒情聲腔，或者說是一種美文、一種功用。可只有它能在無用之處施力，在微小地方縱情，展現出人對生活的整體情狀，還自有節奏。那不是詩一般斟酌於字與字、斷句與符號間的韻律，它是生活的節奏，不論是行過了誰家的花園或時代，副歌響時，你便讀懂核心。外面無盡的層次與錯落，迷障一般的霧裡怪獸，全是散文家的節奏，不是雜亂散棄著的，而是奇門遁甲中渾然天成的機關道具，大巧最難，是素拙。

我與散文，大概是這樣定情，卻不是沒有情敵。

馨潔就是一個。我知道馨潔比認識她，大概早了十年，我們曾經在同一座校園裡讀書。十年之前，她比我更早開始寫著，那麼早便寫得那麼精緻動人；卻在十年之間，她離開寫作，猜想過她可能將那些肚裡的蝴蝶，全都藏去了一處無人知曉的地方。也是十年之後，我真正開始認識了她，在同張桌上對話對飲，才終於在她的文字中看見了，她所匿藏的十年。不是蝴蝶，是大難。

大難，是生命的劫難，也是艱難。如她在寫給Q的文字裡，沉聲回顧的：「那幾年我到哪裡去，怎麼不寫了，他們不知道我為了讓自己活著，其實無暇顧及其他。

我是如此努力的想讓自己活著。」至誠的散文像是抽神經，卻不是讓你去細數哪個齒與齒間、抽了幾根神經、注進多少麻藥，而是要你感受被抽取一瞬的真空麻痛。我無意去還原任何書寫者的族譜史冊，為他們記錄情愛，我只感受一次又一次的抽去與召喚。

在書中，馨潔寫下了母親對她說過的話，預言一般：「如果你有一天真的很想死，記得把自己當作一台機器，用盡力氣的工作，累了就睡，什麼都不要想，度過去，不要死。」於是，我便讀完了她的十年，讀完了她的缺席與重生。還好還好，沒有死去。我也虔誠祈願，如她所說，大難不在來日，我們已過完大難了。

但馨潔的難，是那麼剔透與溫柔的，就像在跟讀者說著：「我們不要再割骨剜肉了。」她努力節制著，沒有把家族史濃墨一筆灑盡，掏空感受。她的散文已瀝出了雜質，雖然雜質才痛，但節制更能長情。馨潔的長情，全藏在了這本書裡，夜裡讀它，竟讀成了一封首尾連貫著的時光家書，收件人全是母親。就像她的文章裡，那總如密碼般的「母親說」。從遠到近的距離，在〈挖掘的練習〉裡，她終於挖掘出了一條明確的訴說脈絡，請人看向深處，可書寫者也不待在裡頭，而是安靜自持的陪讀者看著，讓人只敢讀，無法說。〈背脊路向後轉〉，或許不是全書最痛的一條神經，卻是節奏最完美的，它近乎天成的明快、渾然，以肉身為家道，路的盡頭卻不往左右，而是狠狠的一次回望，幾近人體工學，流線設計。

凡是書裡說不清道不明的，全是母親，這本書裡的「母親」全被寫成了代碼。於是，母親是青春、是疼痛、是愛戀、是恥辱，更是自己，沉重諱莫如深。但馨潔卻也有輕盈的天分，情書接續家書。如果說母親是她行文裡的句號與驚歎號，那麼貓咪就是她的冒號「：」。以貓為名，她幾乎能以人言通貓語，她的咪咪與斑斑，是她的摯友、姐妹與兒女，那樣的寵暱不是寵物似的，也不需要奴化自身，只是因為我愛你，簡單飽滿。

這本書的同名篇章〈借你看看我的貓〉，有段文字，幾乎是馨潔書裡最赤裸而動情的告白：「那時的我們各經離散，感受過各種愛，感受不愛，如此不快樂，往後的路程像是走上公路電影的兩個人，背向過去往前走，其實擁有的燃油不多，也不知能走到哪裡……我們是從開天以來就並肩同行的兩者，不帶塵埃。」投遞者卻是她的貓，咪咪（而且據稱是貓為自己取的，絕非貓場俗名）。或許人間大難，讓她說出：

「從此之後我看貓像人，看人像貓。」因此，她所借給我們瀏覽與傾聽的，不只是貓言貓語，更是貓說馨語。

有一種書寫狀態，與其說是自己在說話，其實是生命在說話，它讓你不能迴避、無法逆向，在《借你看看我的貓》裡，有女身、兒身、貓身與母身，這提供了不能迴避的書寫者，一個餘地。餘地裡，我見到了散文書寫的另一種狂熱狀，馨潔的字輕盈，卻又非常慧黠。沒有賣弄的技藝與小聰明，所指之處更不是一片空無，只因她懷有「故事」，這讓她的散文，顏色是斑斕。正因剝落與雜訊，才能發出光來，星輝一樣。

時間倒轉十年，或許那時的我們在不同的課堂上，人文大樓的前後兩間教室裡，望向各自窗外。不知道馨潔是否正讀到哪篇散文，引心裡的警鐘大響，一見鍾情，成了我的情敵。如今的她，已知用文、已通貓語、已經大難，才將自己與咪咪、斑斑，借我們悄悄的看。

既然如此，那就借你看看我的情敵，十年情敵，也是知音。

輯一

一個人的紀年

一個人的紀年

開啟電腦想要工作，但隔壁裝修的聲音惱人，我聽見鑽鑿的機器在運作，磁磚被撬起、打碎，然後是吭吭匡匡的將碎片掃在一處，重複不已。我聽見砂石飛揚，細碎的粉末搭著風，從落地窗的小縫流進我的房裡。

這是一間具體而微的蝸居小宅，新粉刷的牆壁特別亮白，掩飾舊公寓的實際年歲。書桌前的牆上貼滿了各色紙片，有工作時間表、不知道該歸入何處的隨手札記、N次貼上寫著待辦事項、白色紙片是減肥步驟：每日深蹲二十下，還有一些待買的書、隨意的塗鴉，不知該不該丟卻又害怕被遺忘的，都被我焦慮的貼上牆，好似鯉魚旗那樣，輕輕擺動，每當起風的時候。

或許一切被立為文字、標語，便是被遺忘的開始，就像小學教室中，黑板上方的標語一樣，融入成為牆面背景的一部分，哪天消失了也不會有人發現。從紙片上牆開始，我便將與現實的記憶交託給牆面，所有的事件猶如潑灑在地的水銀，一顆顆凝成晶亮的圓球，從心底悄然滾過，不留下痕跡。

那些親密與憎恨隨著時光的沙漏，被搗碎、碾壓難以辨識原本的形貌，某些吉光片羽飄然遠逝，留下恍恍惚惚模糊的光影似近似遠的隨風晃動。記不清離家多久了，彷彿還是上個月的事，又彷彿是上輩子的事。一個人的紀年，我的時光正似水流動著，現在是過去，起始是終點。

各種夢境隨風飄動在城市之中，我的處所空曠孤單，各式的紙片猶如招魂幡總是友善的揮動著，於是各樣的夢境便來停駐歇息。這裡是夢境的收容之所，夜裡在我淡綠的被單上，孵出一朵朵殷紅的鮮花。

我習慣在睡前想想母親，每當入夢她便前來相聚。這一天，四面牆有著彩色的印記，是某些回憶經過曝曬之後留下的殘影。

一年多前自家庭中逃離，那天炙熱的陽光照得人出汗，我背著手提電腦匆忙慌亂的步伐，是恍然如夢二十多年家庭生活的最後一個畫面。自此之後便只剩下電視收播後晶晶點點的殘影，以及一些混雜著刺耳頻率的噪音聲。夢裡我跟妹妹幾次抱著贖罪的心情踏上台階回家，數著面前無以計數的紅磚頭，交換一個眼神，只知道我們又要逃了。

那個家彷彿建立在海濱的懸崖上方，縱使這裡離了海岸好遠，沒有海只有雨，我仍然看得見浪濤日日拍打著房屋的根基，無論白天或是黑夜，無論關注或是忽視，都無法阻擋堅硬的花崗岩在日日的淘洗之下逐漸傾頹。

從前是母親帶著我們逃，如今是我們逃離她，不斷的逃離成為家族的宿命。國小畢業後媽媽就試著帶我與妹妹們搬遷，但總躲不過海與水，我們一路奔逃，夜晚用一台小貨車載著行李與三個女兒，逃離挫敗的婚姻，父親開著車緊緊跟我們到路底，我不知道該不該揮揮手示意再見。我目送著父親的車子與我們相隔越來越遠，他或許是想確定我們母女的安全，又或者想阻止這一切卻無能為力，落寞的化作一個紅色的小點，下一個轉角，就看不見了。

我們逃到一座新的島嶼，但迎向母親的仍是離異的命運，幾年後我們趁夜將行李託運、關上最後一盞燈、坐上飛機，回到這座雨水之城。

海浪拍打著岩石，化為碎末，看似無害卻又執著的，拍鑿出刻痕，一筆深似一筆。母親脆弱的自尊，是崩落的岩石，自山頭滾落，反撲至我們一家人的命運。

那一天狂風捲起海水，繞著磚牆旋成一場暴雨，比以往都大，摧折了路樹，封鎖了整座城市。城市的祕密如陳年的汙垢那般，從床腳和冰箱底下被雨水帶出，流出家門，向排水溝匯聚。

大雨中，水穿透牆壁，肆無忌憚的湧進廚房，一路蔓延至客廳。「我要搬家，我住不起這種大房子」，母親一邊大口的喘氣，我的心不可抑制的怦跳。舀水濺起水花，在忙亂之間浸透了外衣，雨勢卻絲毫未減，屋內屋外沒了間隔。淤積的水並不清透，一些早已遺失的瓶蓋、小玩具，跟著水流浮動。

「這裡真像水上樂園」，我轉身想告訴妹妹，然後我們會噗哧的笑出來，可惜她早在昨夜冒著大雨，帶著一些簡單的行李，在半夜一點搭著計程車離家，第一個出逃，「我不會再讓媽打我了」，她說。

不然她真該看看的，她可能會回我，「不然我們換上泳裝來舀水好了？」

如果我能夠早先看出各樣事物之間蛛絲牽引的關連，便能更早熟一些。

路口的紅燈時間特別長，人們往往等不及，一台接著一台踩緊油門穿越紅燈，然後，再一同被困在前方五百公尺處的紅燈號誌，心虛似的等著綠燈。我總覺得這有所意味，卻來不及細思，日復一日的跟著闖越、跟著圍困。

想念媽媽，懷念與她一起看電影的時光，通常是深夜，我們一家四口趕午夜場的電影。回程還可以買夜市的烤土司當消夜。地下室停車場十分空曠，孤立著一根根的大柱，四方的回音都清清楚楚，白色的牆上有著許多車身摩擦的黑印，綠色地板有著各式煞車的痕跡。母親的高跟鞋會發出清脆的聲響，帶我們坐上電梯來到五光十色的電影場。

母親不生我的氣，也不處罰我了，還要逃嗎？當她溫柔的轉向我，我幾乎要衣不蔽體的被她看透，而且無處躲藏。逃了一年又三個月，記得是在她生日的前一週，我想留至她生日後，但妹妹說「現在再不走就走不掉了」，我們以各式的理由拖延自己，一年又過一年，終於我離開了家，卻不知道終點在哪裡。

我無法回答夢中的追問，如果母親不再恨我，或者不再愛我，是否還有出走的理由？或者我只是傲執又自私的要斬斷臍帶？她的瘋狂與偏執正合乎我的心意，一切都照著劇本在進行嗎？我無法逃避自我的逼視。

出走的那天早晨，我們去了郵局，忘了是辦什麼事，我趴在櫃台上，她伸出手從後方將我的褲頭往上拉些，動作俐落，帶有警示的意味。她常說為什麼年輕人褲子都穿這麼低呢？我心裡已做好出走的打算，這大概是她最後一次碰觸我了，心底有些淒然，好多這樣的時刻，我便打消了離家的念頭。可惜這次沒有。

神說要有光，便有了光。出走伊甸園之後，夜晚是我的白晝，我為自己添購了三盞燈，將暗夜照得白晃晃。要有生命，便有了生命。早已知道光線不足卻執意添購三盆多肉植物，於是我看著他們茂盛，看著他們死滅。這個空間曾經存在的第二種生物是一小盆魚，久了他們提著行李離開了，「再見了。」他們擺擺尾鰭這麼說。

當我將食指放在唇前，輕呼一聲「噓」，萬籟頓時寂靜無息。常在夢境之中睜開眼，在黑暗中逐漸認出書櫃與衣櫥擺設的位置，看著房間由漆黑到逐漸能辨識，像迷霧逐漸散去。夜晚與清晨的交界，各式的夢境偶爾會穿透這裡，頻率彷彿暗夜路經的車輛引擎聲，一刻鐘一次，因為常自夢境醒來說「這裡是哪裡？」於是那些過路的夢境認為這個處所不屬於我，大方的在此處佇足歇息。

「你真的那麼怕我嗎？」記得母親說過這句話，便嗚咽起來。關於這個片段有著各式零碎的記憶，各種不同的場景，但我總是拼湊不起來，她是在什麼情況之下用這種悲傷的心情吐漏這幾個字，這句話時常迴盪在耳際。

直至昨天騎車行經地下道，將近十二點空曠的柏油路上，偶有幾台汽車從身旁閃過，幾支路燈隨著我的車速往後傾斜，在擠壓的空間之中，我恍惚想起了半年前看的電影。

「你真的那麼怕我嗎？」

幽魂娜娜蒼白著臉，血紅色的眼淚從眼眶溢出，於是她放開了與她陰陽兩隔的丈夫。這是電影裡的經典台詞。我記得在那光亮的銀幕之前，觀眾們低頭啜泣，或許觸碰了內心深處的傷口，而且說不定是和電影情節無關的，與我相仿。母親沒有對我說過這句話，這些情節來自於夢境交雜的想像，在暗夜隨風而來，與孤單的記憶交融，匯成一條安靜的淺流，鑿入我生活的孔洞。

離家之後短暫的到一間義大利餐廳打過工。每日每日，將兩鍋煮熟的義大利麵條，秤重分裝，麵條的濕度的分秒流逝提醒我，時光正如看不見的水氣，輪紛雜沓的跌出指縫間。

機械式的重複，我進入專心的境地，隱遁至充滿效率又俐落的工作節奏中，神情看來嚴肅，但內心的清醒卻無異於散步。我遙想著從前歡樂的片段，甚至恣意增添一些想像的情節，像是用修圖軟體為照片上的人物放上皇冠或兔耳朵那樣，一些自娛的小花招，久了甚至對於自己更改過的記憶，確信不移，真偽難辨。

還有許多的夢。

夢裡常常會有一整片乾涸的土地，祈雨似的張著龜裂的大口對著天。「你有沒有神經病？要不要去看精神科？為什麼把指甲咬成這樣子？」妹妹出走之後，母親幾乎要崩潰，她越是逼視我，我越是退縮，把手跟腳藏在棉被裡。

把指甲往更深處剝去，像雲母一樣，一層一層的剝落，指尖一陣痲痲的疼，過了半秒，血液才從碎縫滲出，若是放著，一陣子再看也就乾了。疼痛總是沒有想像中巨大，更多的是蒼白。

在夢境裡經歷一場逃殺，土地的水氣全被蒸騰，一望無際的荒地，太陽光灼傷肌膚，熱得人心煩。叛軍抬起了一輛汽車上街示威，接著一擁而上將車窗擊破，開始一場屠殺的嘉年華，我被綁縛著等待處決，我用一種現實生活中沒聽過的語言，與那位皮膚黝黑的行刑者交談，你刀夠利嗎？請砍一刀就好！我們百無聊賴的等死亡，只想脫離這塊乾旱之地。

驚醒的我濡濕如一只從鍋裡新撈出來的水餃，初生的小獸，胎衣包裹著我，動彈不得。一整日的心悸驚慌，我如遊魂般踏入騎樓間的神壇收驚，那是我從前不相信的事物，現在也不信，只是需要有個人告訴我「沒事了」，彷彿整場噩夢才有完結。當道士要我在金紙上寫上地址火化時，我遲疑了許久，只有用記憶中各處的地址，拼湊出個勉強像樣的句子。搬遷變動的生活我甚至無法記誦租屋處的地址，甚至公寓中還有些紙箱未拆，一個個堆疊於牆角，靜待下一次的移居。

這裡鎮日下著雨，空氣裡有一股罐頭的鏽味。這城市的雨彷彿從遠古就開始下起，山在很近卻不是伸手可及之處，城市是一個盛滿雨水的大凹盆。好幾年前與媽媽剛搬進新家時，有一隻迷路的斑鳩，從窗台上飛進剛裝潢好的屋子裡，這裡可能是牠常來的地方，在我們遷入之前。牠知道這裡有人住，便從此不再來了。還有什麼事也是如此？我被那場夢嚇得想不起來了。

傍晚時分，傳了一封簡訊給母親說「我很想念您」。

「不要總是說一些不著邊際的話。」她回傳。

我走進浴室將洗手槽裝滿熱水，倒入道士給我的艾草葉，擰濕毛巾擦洗全身，在水氣氤氳之中，終於長長的吁出一口氣，帶著一些熾熱、乾燥，還有雨滴的氣味。每珠看不見的水蒸氣，將像飛花散逸到各處，散逸出浴室塑膠門的百葉氣孔，魚貫而入的依附在牆上的紙條、柔軟的被褥，還有一些沿著窗縫散逸而出的，不知要停在何方。

——原載《INK印刻文學生活誌》第一六五期

背脊路向後轉

我找了一陣子純棉的衣物，想念一種指尖在細緻的布口上摩挲時的悶聲，純棉令我想起嬰孩、無垢與青春。我也想念自己八、九歲時的身體，那曾經是穿上貼身舞衣與白色褲襪都難辨性別的，小鹿般為了奔跑而生的雙腿，也是縮起雙腿便能躲藏至某一處，消失在視覺畫面裡的，既小又透明又耐光照的身體。

美容師莉用她如嬰兒細嫩的那雙手搓揉複方精油，抹上我的背胛。大杼穴往下緩緩的直行，拇指微微下壓，找到脊椎兩側的溝渠，四指輕輕嵌上我的背部，此刻我的身體是平坦的大道，任由她的指間化為腳步遊走。

我的身體早已不如葉脈透光，用莉的話說是有些暗沉，這些斑駁或許更像樹下的落葉那樣，使我更像一條道路。腳底的角質尚薄的童年，我確實用透光的身體踩在許多路上，些許斑駁的落葉小徑，轉入筆直的階梯一路延伸至最底……

小學低年級教室是一棟百年建築，低矮老舊的大樓，位於一樓的一年級教室地板還是沙地，早上值日生的工作是提著水桶沿桌椅間的走道灑水，此後讀到古文有「灑掃」二字我都能看到早上的陽光照著小學教室亮晶晶的灰塵，在橘色小水桶裡用小手掌心挹注的清水下被鎮撫。那棟舊大樓的洗手間一樣是灰暗老舊，破裂的磁磚與縫隙間溢出的水泥，陰涼又冷清，水泥抹成的隔板與洗手台，邊角剛硬無情，而且位置少，人多的時候，需要排成一列很長的隊伍等待。

因而我常到六年級的新大樓上廁所，但幾次注意到垃圾桶中總包含幾只沾血的衛生紙，我總擔憂是誰流了這麼多的血，每次回憶起這段畫面，童年的友伴總是不在身旁，原來童年的我也涉足這種孤獨的冒險時刻，一次橫跨兩格樓梯的穿越幾層樓與空中走廊，像是穿過狹小的下水道，從破陋巷子來到光潔的空間。

我故作鎮定的走出廁所大門，反覆考慮是否告訴老師，蹲式馬桶的邊角還留有一些如花盛開的血痕，凶殺可能正發生於這個平凡的校園。

我拙守在廁所外觀察，但每個出入的學姐蹬羚般潔白的雙腿與隆起的前胸都靜美得如此自持，這些軀體，沒有一副是受傷的樣子。

更後來才知道每個長大的女生，每個月都會流血，比刀片割出小洞的血量還多，而且是無法癒合的斷斷續續流淌，像是體內埋藏著巨大的垂死野獸，一呼一吸在掙扎。隔著毛玻璃觀看的外在世界，死亡還是傳言，一旦有縫隙得以滲透，都將在蒙昧的永夜裡被放大。

而我呆站至廁所門外，看著水龍頭被來來去去的雙手關了又開，下一個進去的人，出來只是尋常神色，這些沒有異狀的表象，終究成為我逃避追求真相的理由。在一年級有限的識見裡，那確實是一場凶殺案在我眼前開展，整個世界等著我做決定，但我只是反覆遲疑。當時的我似乎開始接受某些殘忍的事件在平常時候發生，有人在靜靜的淌血，而其他人不知道。

更多時候，不知道，比假裝不知道來得幸福。任何後見之明的歸因，不過是尋找藉口的手段。在這樣的事件裡，我才看見靈魂裡根深柢固的懦弱，寧願修補平靜的表象，終究還是不敢說出這個祕密。兩樣的選擇中，說與不說也讓事情有了兩種發展：因為知識匱乏所引起的笑話；或暗示人格的黑暗。

不要說出來，不要告訴任何人，密封的話語像是純棉的貼身內衣，起了比汗毛還小的毛球，藏在衣服最底。女孩第一次認識女性的生理，是連帶著面對死亡的逃避裝傻、不言不語，於是這些等待被開啟的各種契機，被壓至記憶的最底層，吸收著成長的汗汁緩緩發酵。

透過密語的催熟，約十三歲的時候，身體會響起一種聲音，像風鈴響起時那麼輕巧、細碎，而又難以啟齒，隨著胸部的隆起與遮擋的本能，我們與世界的距離更遠，衣料與肌膚間隔上第二層隔閡，將女孩由人類中分隔而出，用衣物被珍藏或是縛綁起來，成為女人。

成為女人，體內那隻天真痴傻的野獸，隨著初經而崩解，化為宇宙間的灰塵。消散前野獸用盡全力發出最後一道光芒，將我們推向毛玻璃後的世界，由窺探到直視，寫下關於史前珍貴的純真補遺。小學同學告訴我，她隔著房間聽父母夜間爭執，「枕頭上都是我的淚痕」，她用有限的語彙，說出一句酸軟的傾訴，我告訴她，其實我不太懂那是什麼感覺，因為我父母不吵架的。

但十一歲的某個晚上，我在夢中被激烈的爭吵吵醒，夢境一樣的六人通鋪，身旁的弟弟和妹妹，裹著各種花俏的卡通狗被子，踢著被、跨著腿，鬆弛著臉上所有肌肉正在酣睡。我站在床鋪上，父母問我要跟誰走，我雙腳劇烈的顫抖，臉也是哭喪的，像是演技誇張又欠缺磨練的新進演員，把毫無層次又紊亂的情感，嘔吐般的宣洩而出。後來母親負氣出門，父親打開電視轉為靜音說：「睡吧，你媽等一下就回來了！」

母親確實在清晨的時候回來，這個詭異如噩夢的一夜在我早上醒來後一切又恢復原樣，在孩子前與太陽之下，他們是很好的樣子。五年級至六年級我陷入母親可能會消失的焦慮，當時候她確實正在計畫離婚，也考慮著要不要帶著孩子走，婚禮沒有母親的幻想離我太遠，我卻為了一件事情認真的憂心：誰帶我去買青春期的胸罩？

我甚至已想好多年後與母親重逢怨懟的台詞，「沒有人在我正要長大的時候幫我！」我想得慷慨激昂，像是連續劇裡那些過分激情的場面，在心中反覆彩排，興奮得渾身顫抖。我將要拿那些分隔的時間來演練這些台詞，屆時她若要抱我，我也想好要如何推開她。

「魄戶穴，氣都淤住了，把氣吐出來，憋著會內傷。」莉說。我輕聲地吐著氣，把聲音藏在莉的CD音樂之中。因為稍大的喘聲聽來十分淫蕩，讓人羞赧。

淫蕩這詞最早從周星馳電影學來，但是在母親的眼神中更加深固在我身。大四那年，第一次與男孩牽起手，走過學校聖誕節鐘樓，我回家宣告我有一個男朋友了，母親只是笑著。下午當我與妹妹一如往常在庭院笑鬧，母親突然拿著木製鍋鏟不知所以的打了我，嘴上邊說著「你怎麼就這麼三八」。

後來我才知道那天繼父問她：「你女兒這麼騷，如果懷孕了怎麼辦？」她或是出於羞愧，為著沒把我教好而丟臉，或是腦海中早想見我大著肚子當未婚媽媽的模樣，便在盛怒下打了我。因為我們不能給任何人添麻煩，更不能讓人看不起，這是母親從我小時候就一直叮嚀的話。

千萬不可淫蕩，用祕密來隱藏情感，藏在指縫裡或是所有皮膚的摺痕處。莉的雙手交替由背脊滑至腰椎，像是一道溫暖洋流往我的背部流過，那些沉澱在河底的砂石，隨著水流而拖動心神，我的眼皮越來越沉重，但許多的回憶開始被翻找出來。

我並未向當時年紀還小的弟妹提起，他們並不知道，在他們童年的夢裡，有著雙親紛雜的畫外音。直至六年級，所有父母在夜間的劇烈的紛爭，可以一夜串著一夜無縫的扣起，像是無盡的巡迴，像是胸罩的背扣。我開始失眠，那些大人在美麗表層下的溝水匯流之事，我都知道。細緻的棉布胸罩，內裡隨著與皮膚的摩擦，捲起細小的毛球，像是緊附地表的小小植被層，悄悄的增生。

新的身體只是多了一些脂肪，而子宮每個月會重新盛開再凋落，落下的花瓣化為一灘灘的血色。多了黃色，少了紅色。只是每次當花瓣要剝落，便讓人感到青春與時間拉鋸時的疼痛，腹部的表皮下，有湯匙正刮著椰肉，身體被撕開一個洞，疼得心口糾結，有時候像是淋了驟雨之後的發燒，很即興的要人專心在疼痛中一個上午，或是一天。

彷彿是在為日後做練習，使女人習慣痛徹心扉的失落，習慣某句永遠不會再見的再見，習慣孕期羊膜穿刺二十公分長的針頭，習慣宮縮與陣痛，習慣打入脊椎的無痛分娩針，習慣孩子長出翅膀而飛去。然而崩毀有終結，每一朵玫瑰都是在倒數，從擁有青春算到散盡青春為止。

莉的手繞上我的肩胛骨，痠麻的感覺傳來，把我的身體推入更遠的地方。國小並不察覺任何年歲正好的稀罕，恣意的揮霍沒有盡頭的夏天。

我往前走，紙屑與包裝紙在稍微透明的水中浮沉，柏油路很黑亮。推開咖啡色的大門，回應我的是氣味，整間房子像是一個濕氣淤積的身體，微微的透出陳舊的味道。磨石地板會在年終掃除時被擦得發亮，當我嗜好著色的年紀，曾經拿著色筆把一格格的白石子上色，想著我們家能夠擁有彩色的地板，但地板只是被更多的腳步走過，我沒有真的完成過。

我看過一個孩子寫他舊家的櫻花樹，在春天芬芳得令他想念。但我家前院只有龍眼與荔枝園，夏日在熱氣裡蒸散著果肉爛熟的臭味，臭味還會持續到明年春天。

腐葉與爛果的泥地下，埋著我弟弟的胎盤。母親告訴我。

當弟弟一出生成為家族中的唯一男丁，祖母偷偷向醫院要來胎盤，埋在荔枝樹下。傳說孩子這輩子都不會離開胎盤被埋下的地方。

祖母只在兩個男人面前看來十分卑微，只有叔叔得以朝她喝斥，只有我弟弟能把她當馬騎，甚至拿玩具槍射擊她，被ＢＢ彈打中的祖母總是笑得很開心。後來我才明白這樣該是她愛著他們的緣故。也許祖母這樣的人，雖然勤儉且保守，其實將生命視為豪賭，賭在選中的男人身上，像是我祖父、叔叔、弟弟。

父親被排除在這項矩陣之外，也許祖母早已看穿他的溫柔，或是看穿他默不吭聲的沉默。也因察覺得不到母親完全的愛，父親便終其沉默且溫柔著。

「查某嬰仔屁」，祖母說女生都是屁，她補充台語的「屁」其實不是真的屁，是指小小的沒有價值的東西，小瓜子殼、小結痂皮，並強調她自己也是。說來跟國語的屁其實差不多，我心想。

「你以為你阿嬤疼你，買娃娃給你喔？她騙你的啦，她根本不愛你，她只喜歡男生。」母親說，當她精神好的時候。

我看著鏡中的自己，眼角有近年才長出來的痣、些微脫皮的嘴唇，用毛巾擰去髮梢滴下的水滴，覺得自己像是重新被塗上顏料的老玩具，看起來是新的，只是看起來而已。

父母離婚後，我隨著母親回老家看弟弟，我們尋不著他，後來才知弟弟被祖母藏在古厝。還記得我祖母當時計畫被看穿，那抹尷尬的笑，她全心在弟弟是否會被母親帶走這件事情上，以致忽略許久未見的我。弟弟見著我們一副害怕的模樣，亦不大認得我們，只是深受驚嚇。

當時我又想到那只胎盤，想到那個傳說，弟弟的靈魂，一定是被荔枝樹神藏起來了。

我的身體舒展開來，睡著，成為一條河，但是靈魂卻慢慢醒了過來。

日日，我嘗試將心神靜置於身體之上，感受每一叢神經，感受其間傳導的細微電流，感受一束肌肉的運動與關節細微的轉動聲，感受這副身體是我的，是我暫時的居所。

我逐漸說服自己，我的身體是我的家，而不是近年南北遊走中的任何一處房子或是房間，想像重新用靈魂穿過我的四肢，由右上臂進入，感受穿過肌肉的摩擦聲，由領子那套入腦袋，從大腿根部穿入我的腳，調整細微之處的皺褶，直至合身。

這是我的家，只有這麼想能令我不寂寞。

「你聽到了吧？」暗夜之間，妹妹張著亮亮的眼睛好像這麼對我說，那幾聲劃破寂靜，父母爭吵的夜晚，我偶爾發現她也睜著眼睛在聽。隔天早上她總會問我：「半夜聽到爸媽吵架，你也在，這是真的嗎？還是我在作夢？」

「傻瓜，當然是你在作夢啊。」我總是這麼回答她。因為不知道，比假裝不知道來得幸福。

「不是那裡，是這裡。」母親抓著我的手畫過銅製穴道雕塑，坑坑巴巴的穴道與亂如髮絲的神經，像是一張殘破的地圖。或許真的是一張地圖，把人生所有中繼與終點都暗藏其中，我看不清更不解。

母親曾開過一間SPA中心，要求我與妹妹在寒暑假也一起學習油壓，只是我手十分拙，總找不到正確的穴位，我這拙劣的孩子，猶如一只軟針，刺在母親心口的痛點。

「懸樞、命門往下，最後到督脈，切記要向後轉，回推，把氣帶回來。」媽媽帶著我的手在銅人尾椎處轉了一個彎，我的手指像一只小人偶，站在背脊路上，回望頻頻。

時間仍然繼續在走

那一年的場景，一切像是布置好的無人盛宴，是舞台上靜置的紙板布景，定格的演員，待我停留細看每一道塑膠地板磨刮而出的痕跡，每個人臉上的紋路。

女歌手這樣住進我的歲月裡。

二〇一三年，我走進華山爬滿綠色藤蔓的倉庫裡，當時的台北在我心中只代表幾個模糊的LED夜景，是一個個神祕的商品櫥窗。好幾年來我一直想不起是否真的看過那場《收信快樂》，那場兩張椅子、兩盞燈光、兩個人的戲。

無法確定戲是在我的腦海中搬演或是真有其事，直到想起散場後穿著背心瘦得顴骨俐落的夏靖庭，說他要騎單車回去，我想起了那是六月夏天，我想起女歌手，我想起法德的眼鏡與短髮，還有舞台下整排的折疊椅。好幾年後我也成為大人了，台北成為我地圖中的一部分，告別廉價的韓版衣與盜版背包，也告別了彆扭的歲月，彷彿騎著單車髮絲都不會再飛揚那樣，成為一個安靜的大人，也失去學生才有的暑假。

而女歌手還是她自己，我用她的歌聲，校準我的時間，一直以來。

她的歌聲像是淡淡的月暈，像是水彩滴在棉漿紙上，雜揉各色的暈染，從深到淡，自然毫無接縫，帶有些微濕氣。

當她開始歌唱，四周會安靜下來。

在長途車程習慣將她的專輯聽上兩次，聆聽整張音樂和諧的曲風，三十分鐘或四十分鐘，整張ＣＤ像是一首長長的歌。「I walk a thousand miles, just to see your face again.」歌詞這樣說著，一場赴宴的旅程。我在國中第一次聽到，然後彷彿循線般找出女歌手的上一張專輯，上上一張專輯……勾連出像一本書一樣滿的一張張ＣＤ。

我學著女歌手在講某些字的時候不捲舌，唱至副歌時壓出喉音帶有點點如哽咽一般的顫音，悄悄的收去歌詞停頓間的呼吸聲，將音頻調低來說話。我羨慕女歌手的人中有一顆淡淡的痣，我羨慕她不用粉底遮掩那顆痣。

在她的聲線中，勾上我生活的倒影，把她的歌變成我的配樂，把對生活的期待還有一些無加修飾的心情，寄放在歌曲中，在字句之間搜索，用唇齒與舌尖揣摩她唱歌時的心情。

直到幾年之後我少有這樣，千里奔赴只為見誰一面，也沒有這樣無懼的心情背景，而或近幾年的奔赴往往沒有明確的動機、明確的方向。只為不願停頓而行走的行走，像是一張沒有投遞地址的明信片，或是單程的車票，一些字跡磨滅的紙片，歌曲的音量才逐漸被我調弱，愈漸心虛的唱著，直至無聲。

某年聖誕節學校的樹梢與尖頂幾乎都披上彩燈，我與F一起牽著手逛了一圈，因為是第一次牽手，尷尬得不敢輕放，儘管兩人手上都蒸出手汗，仍牽著手走過了半個校園。我們冒著寒流的冷風衝上山看夜景，我生疏的把頭靠在他的肩膀，我始終在等F親吻我，他始終是酷著一張臉，偶爾笑著收下我為他準備的巧克力，偶爾在課堂的桌面下，我們的手牽在一起。

隱藏起的不只是歌曲，還有時間。女歌手臉上留著戲上的妝，「你怎麼回去？」她最常這樣問我。多少年來還繫著這樣的問句，我怎麼回去呢？回到那個聽歌時候的十八歲以前，回到屏風表演劇團正盛的時候，回到李國修還在世的時候，回到那件灰色長裙與龐克耳環相依的年代。回到女歌手還當DJ的年代，我寫下一封又一封的長信往中廣寄去的歲月。信中我告訴女歌手我要推甄大學，我喜歡文學，問她知道東海嗎，告訴她在東海不遠處，有一座東海花園，那是楊逵耕耘過的地方。下次女歌手見到我，問我有沒有跟口試委員說這些話，「你應該說的。」女歌手告訴我。

而我又該如何回到那一串碎花掛簾的日子，巴薩諾瓦曲風的日子，靜靜的提筆打草稿，一字一句將信紙填滿，加上一點笨拙的插畫，逗號是老老實實的畫滿圓再伸出蝌蚪的尾巴。我想像女歌手會在進錄音室之前，將信由辦公桌放入背包，將背包輕輕率性一甩又背回背上。

我曾將這些信紙複印，依照日期摺疊、排起，鎖入書桌下的木盒裡，裡面有我看女歌手演戲的心情或是尋常時光，有我乘著校車上學所見的街景，有我的戀愛與愛戀，那些事物如今多數已往，而且被紮實的遺忘，像是掉進山谷中的落葉沒有回音。副本信紙早在搬家時遺失，因為遺失了信的底稿，那前後寄出的二十多封信，常常像一個夢。

F是大四的學長，交往的那半年，正是考研究所的關鍵時刻。F是我看過少數認真的大學生，每本必考的中國文學經典，他不但讀了，還用電腦編寫各套筆記，分送給朋友。也是他教我在下課時，該到圖書館將老師在課堂上提到的篇章找出來作為補充。分手後多年，我曾聽說他在台北補習，一邊兼職幫補習班工讀，前些年真的如願考上台大。

那金榜題名的時刻，也是我們當年都在等待的時光吧，雖然遲了些！他等的是他自己，我等的也是他，沒有自己。當時所能做的僅是為他放一杯自己打的果汁，在系圖的抽屜，或加上一張卡片。多數時刻我總是在等待，等待他所承諾的那個考上好學校的時候，來好好經營我們的愛情。那個寒假我幾乎沒有踏出房門，一個勁的昏睡，只想將時間度過去。半年的交往，我後來花了兩年來度過失戀。說我大學四年失戀的時間所占大半並不為過。

在我許多疲憊的時候，女歌手往往化為一個夢。夢裡的她仍是我遠遠不及的嚮往，更是一顆包鑲在我人生中的鑽石，那樣穩固而閃亮。在夢中我為要趕赴一場與她相倚的旅行，一場她的演唱會而奔忙，在寒冷的天氣裡散亂著圍巾與大衣領口疾走，隨著步履而接連向後傾倒的電線桿、天橋廊柱，口中吐出的霧氣，少了從容，但這樣的疾走都有一場明確的方向，像是為了完成某個重要的事務而努力著，是我少有的篤定。

從前我每日要聽她的廣播，在如流水般擁擠的車潮中，車窗上未乾的雨滴收攝所有車陣的倒影中。六點的廣播帶有一點一日將盡的感懷，是夕陽的昏黃色，我按下雙鍵用錄音帶記下，並在廣告時按下暫停鍵，在盒中的紙片寫上日期，十捲為一數的被放置起來，甚至曾經將女歌手的選歌製成歌單，錄音帶也並不需要一台播放器，讀起歌名心底就能響起旋律。

那些錄音帶我不曾真正回放過，有時候我們只是需要一項確據，知道那些東西永遠在那裡。只要能這樣，便讓人安穩，慶幸算是留下一些什麼。

好幾年的時間我不曾再聽過她的歌，但我知道她去了更多地方，唱了更多的歌，更多屬於她自己的歌。從前當我哼起旋律，總不免思考感動我的是詞人或是歌手？我窺探的是誰的心？所以我更喜歡聽女歌手自己作詞作曲的歌，我讀著她的歌，像是讀著她的散文。

但時間再更往後走，當女歌手唱出更接近她自己的歌，我卻早已不再更新我的歌單。ＣＤ播放器壞了，少有人在賣播放器或隨身聽，那些音樂因而被封鎖在ＣＤ裡，偶爾想聽，也就是上網搜搜順便看看ＭＶ，但已是很少的情況了。偶有一天醒來我發現國中生口中說著的，都是我不認識的歌手；偶有一天，我看見櫥窗復古款式的衣服才不刺眼；偶有一天，當時序接近年底，我自然的興起某種傷感；偶有一天，我發現自己感到辛苦，卻已放棄傾訴；偶有一天，我發現所有舊歌都比新歌好聽。

那些融入生活之中的舊歌，那些聽見前奏便有如進到一間熟悉房間的歌曲，彷彿是我們僅有的，熟習的事物。我已少有勇氣去接納新曲從扞格到順耳的過程，太多的新事物令我疲於應對，疲於用精神包容新事物的刺。偶在街上聽見怦然心動的新曲副歌，也在下個路口遺忘，彷彿所有新歌，皆非為我而唱。

女歌手的新歌，像是好幾封的回信，但我累得無力開啟，於是終得承認，女歌手的歌裡，有我不會唱的歌。

我在KTV望著搜尋歌單發愣，想著寫作這些年，我難以為女歌手留下隻字片語，面對喜歡總是情怯。時間之獸迤邐著衰敗的尾巴，像禮車後懸掛的長串鐵罐，直到我終於直起身，可以回望自己的青春，直視其中的破碎，並且不再試圖綴補，才得以放下緊繃的肩膀，得以在筆下，用文字畫出她的模樣。

二〇〇七年在女歌手的房間劇場，我看著她在燭光的舞台上開啟筆電，朗誦與閱讀，講她民歌的記憶，在童年事物之中隱隱約約的透露自我，我看著她穿著潔白的棉布連身裙，幾近素顏的、光著腳在舞台上漫舞、躺臥。我看著她像河水漫過河床那樣將自己開展，我心中想著與F的戀愛是如何無疾而終，在當初那還有無名小站的時代，我登入如今早已遺忘的密碼與帳號，貼上她唱的〈愛之旅〉的歌詞：「我裝扮成不再喜歡你，這樣的我也只好去流浪」。

爾後流浪的不是我，而是那些初嘗心痛的字句，隨著無名小站的關站而消逝在風裡。後台女歌手問我，那位男朋友怎麼沒有帶來給她看，我說「我分手了」。

「噢……」她的語音略帶遺憾，但不多說。像是女歌手請我吃飯，看著所剩略多的飯菜，並不勸。像是她在台上唱著，我想喊安可，她偷對我搖搖手。這些留白的話語與不問的關切，卻比更多的語言還熨貼。

「我們分手吧！我本來想等你考完期末考再跟你說的。」我聽著電話手心發顫，但第一份感受竟是鬆了一口氣，這個坎快跨過去了，終於。我為了自己竟為此鬆了一口氣，感到有些罪惡，於是讓理智退位，眼淚開始掉，我揣摩所有音樂MV或偶像劇，我回答他：「你這樣難道不怕我……」

難道不怕我死給你看嗎？但我說不出口，我知道我不會為這個人死的，那一刻才發覺我的自我並未死滅，仍然在暗處放光。前幾天我再度想起他，在朋友臉書上看見他的新照片。看見他仍然平靜不了心緒，但已經不是悸動，只是某種懷舊的感傷。想想離學生時代都快要十年了，他是我大學時代珍貴的記憶，也是一位老朋友吧！卻始終沒有送出交友邀請。下次，下次再說吧！

二〇一八年我側身入位坐定，望見台上一座清綠淺綠蔓延的森林，我想起從前一起聽歌的人，網路論壇的歲月，每次與女歌手會面的天氣。我想像許多失聯的至交也坐在某些黑暗的角落共赴這場盛會，盛會中有感動必定也有化解，我想像他們與我一起來聽這場演唱會。我不由自主的頻頻看望屋頂，看著折射的光散逸在黑暗中，看著舞台的機關將鋼索調度來去，這使我出戲，想著一切是真的還是假的：隨歌詞而翻騰的心願是真的假的？散場後那些坐在台下流淚的人，擦乾淚水復歸冷漠是真的還是假的？

慌亂間我拿起筆，在電費信封的後面，在全暗的小巨蛋裡，把所有歌詞串聯的片段記憶用關鍵字記下，待燈亮要用力的想想。幾週後這張滿是皺痕的紙在整理包包時被發現，那些潦草的字跡，皺成一團，像是一個又一個被寄居蟹換下的殼，而那些字句背後的心思，連帶被遺忘。

多年之後，我才知道學長F終於確定自己喜歡的是男生而不是女生，原來在那段牽手的時光裡，若有似無的情愫，像是一場話劇的排演。無處安放的心感到空落，卻也慶幸大學時代的那個男生沒有吻我，在這段練習曲中，我們都給各自留下一點餘地。

演唱會上的那個我，在第四曲之後開始流淚，想起種種聽歌時期的我，從矯揉做作到刻意隱藏心情，闊別這些歌幾年，我突然發現自己看懂了。我懂得女歌手開場時，為何會哭得像個小孩。我聽懂歌詞以外的沉吟，聽懂喧囂之後的沉默。不變的是歌，其中的一字一句都理直氣壯的問你，這些年、這些事，怎麼會這樣？你只有接受這些不變的事物，一一宣讀你在時光中犯下的罪狀，直到它們詞窮。黑暗中那些座席上的人頭，排開來像是一張柔軟的大床，掉下去彷彿不會痛。

演唱會結束後，站在空曠的廣場上，我意識到自己必須握有某個物件，或是記下某個場景，在幾年後用來查考這夜的真實與否。所以當想起自己的薄外套還遺留在座位上，並沒有回頭去找。

孤島之夜

騎過十點的柏油路，城市翻了個身，把頭埋進肚腹，只剩鬼頭鬼腦的尾巴微微晃著，洩漏了假寐的心思。夜幕的鉤簾在這幾秒重新垂掛，用舞台換幕的速度，避開幾個彎道，劃過重劃區旁早早熄燈的釘子戶，劃過落葉的公園與騎樓，在街燈亮起的省道上輕巧一避，閃過那些流星似的車身。

原是一直線般的甲端至乙端的距離，緩緩的曲折起來，白日的城市到夜裡變成一道謎題。

每個當口與白天所見都不同，借助陽光而發亮的事物都要隱微，連影子都不見，我常常在十字路口的待轉區瞥見許多想像從腦海中飛躍。如果整個宇宙正在收縮與膨脹，如果整個城市正在穿鑿與崩毀，那怎麼能確定左轉兩個街口進大路，再騎九百公里能回到家。尤其當前方的道路若是有一個六十至九十度的轉彎，由遠望去便像是碰底，雖然走過了近百次，但每次走過都要驚懼，或許我實在太怕無路可走，也怕回不了家。

前一刻還熱鬧的地方，結完最後一筆單、送走最後一個客人，店員裹上外套從半開的鐵門下，或半開的玻璃門縫側著身出來，關燈退場。說起再見總是乾澀，像盤涼了的菜使人不想動筷，我始終無法樂看結束前的五分鐘，無法樂看最後三頁小說，無法樂看找零錢與發票，討厭腳趾朝向門框，討厭散會前的最後一口茶，討厭在玄關穿上鞋，討厭插上車鑰匙，討厭最後一瓣橘子。最荒涼的莫過於跨年倒數之後，歌手唱完最後一首歌，由各處匯聚的人潮頓時失了依靠，現場轉播最後環繞散會場地，人潮臉上多是茫然而非快樂，我們多從頓失依靠中起步。

夜長得像一首循環播放的歌，一不小心就掉進自己的旋律裡，「你好靜，車騎進來怎麼都沒有聲音呀！」加油站的工讀生紅著臉找錢，又走進亭子對著螢幕發呆。他們叫加油亭是島，一島、二島、三島，她曾告訴我有時封路修築空中捷運，往往整個晚上不會有車潮流過，她會裹兩件外套躺在地上睡，有時也帶著她的小貴賓犬，藏在外套來上夜班。守著夜晚的加油站的孤島，她輕輕的退到夜幕之外，避開夜，守著夜。

幸運的話，前方會是綠燈，暢行無阻到另一座孤島，大樓管理員守著孤島，夢話似的招呼。

「半夜十一點的家教？哪有人這個時間在家教？」

「有的，學生在等我，請幫我開門。」

「你教哪科？」

「你問過我三次了，分別是上週、上上週。」

「那你教哪科？」

我逕自步過中庭，沒有回答。我只認得這個社區夜晚的樣子，因而整個夜幕中的樓房反而像是背景海報，環繞著中庭，我無法確知他們是否真實的存在，他們更從不知道我。當我來時，多數人在睡夢裡；當我離開時，他們好夢正甜。

我教的是編織，與女孩坐在大窗前，伴她埋首將日常的碎屑編織成文章，以求在考試時拿這幅用青春織成的布料兌換理想。窗外的馬路總是一語不發的將燈一盞盞熄去，燈光熄去的剎那總引人一怔，視覺裡似乎少了一景一塊，卻又說不上來，也分不清先熄的是哪道光。我從課本中認識字彙與標點，卻在生活中明白它們，熄去的燈光總讓我想起「流逝」，還有刪節號。一般人只識得「消失」卻不識得「流逝」，因為步調太快，耗損卻是在不知覺間，只有有或無，對於由有至無、或是由無至有的過程，無知無覺。但女孩不一樣，她知道什麼是流逝，喜好作畫的她，說炭筆在遊走中正是磨損與流逝……

還有什麼是流逝，浴室的水蒸氣、蛋殼由厚變薄、手機電量、夜晚……走出女孩家，孤島的警衛點著頭打盹，與我道別。夜晚在流逝，總把城市驅趕得離人更遠一些，四周的人聲物聲空了出來，聽得見哪家的風吹上了門，聽得見便利商店外等回收車的垃圾袋，窸窸窣窣的碎嘴。招牌上的文字，將陰暗的角落照出一些奇異的光彩，烘著夜幕的皺褶。

小時候看星星像是夜幕上的領針，長大後偶爾在破碎的生活中看起來像螺帽，把生鏽的歲月勉強拴緊，不至於落後地球的轉速太多。幾次我帶著眼淚只怕在夜間走進哪間店鋪被人瞥見，但夜晚使人目盲，發生什麼事情都激不起波瀾，十一點之後人們開始對現實與幻夢的距離感到模糊，有些事情似近還遠，他們開始與回憶交談，現實的存在成為象徵，象徵實現過往。

連店家刷洗地板的一塊水痕，都能使人想起某杯咖啡失敗的拉花、那隻端著咖啡杯的手、那家早已歇業的咖啡店、咖啡店那扇內推的門、那天下午新剪的瀏海。回憶的蟲洞出口可能是任何時期，人們幾乎要想起前身，想起科學麵一包五塊錢、茶葉蛋一顆五塊的那個年代，當時的我敢穿著粉紅色蓬裙的舞衣走在路上，細瘦的雙腿穿上白色褲襪，平坦的胸部還沒有隆起，走很長一段路都不會累的時候，向老闆說我要一杯布丁豆花，我趕時間。「你小孩子趕什麼時間！」她笑了，我也被說得笑了。那時夜的迷宮與我無關，我的時間從下午放學開始，走過混和著髒水與招牌的街道，聞著炸雞排的香，恐懼著綁架犯綁架小學生的新聞，用舞蹈褲襪搭著灰球鞋，晃過半條街，不知道夜為何物。晚上偷看完八點檔，便要被趕上床。那時候人們的欲望並不張狂，八點檔九點準時結束，不會到十點、十點半，夜早早就來。夜半起來上廁所，不敢瞥向窗外的夜，只怕看見屋頂上偷夢的鬼。

再向前，左轉方向燈，候車亭點上三管白熾燈，顏色呆白，像是發愣的眼，是城市中的孤島之三，計程車司機穿著一色的黑外套，點燃手上的菸，任由經過的車燈像是掃描機，掃描臉上的條碼。我騎車向前，往來穿梭在路口之間，在兩盞路燈之間轉換了三種心情，想到小時候的夜晚很長，想到金屬湯匙圓弧的邊線，想到衣架上的鏽蝕，想到背包摺痕沾上了灰塵，想到昨夜的夢境。繞進消夜港點攤，點了保溫箱裡最後兩塊叉燒酥、一杯絲襪奶茶，半夜還開著的店總讓人心生感激，坐下位置便要呼出一口大氣。

半涼的酥皮印上指痕，店員也在恍惚之間舉起刻滿茶痕的塑膠茶罐，在杯子裡注入奶茶。眼前的這些人都什麼時候睡呢？電台播放著匯集而成流行音樂，不按年分的混列，配著大學生歡宴的笑聲。

偶爾，四處靜得像是時空的間隙，有個朋友曾經跟我說過當一切突然安靜，是有鬼跑過去，我說其實只是上帝在換幕，這短短的幾秒內，命運的刻度輕輕的轉了幾個齒痕，在祂整修天上的每一顆螺帽之後，悄悄的俯視著城市間這些小小人偶，托著腮，細看著你我的眼睫毛。我們原先的痛苦，或許只是一個小小的程式碼，微笑像是小小的一小點，但上帝什麼都不說。

「給我紙跟筆，我給你一隻松鼠。」大學女生用娃娃音說，拿筆細細的畫著菜單的角落。

「我覺得我之後可能會一個人住。」隔桌的另一女生低聲說。

叉燒酥從來都不夠熱，像這家老店一樣溫吞。距離港點店關門還有二十分鐘，絲襪奶茶微微的冒煙，隔桌四散的杯盤抓緊最後張狂的時刻，如果他們有腳肯定會狂舞，如果他們有嘴，他們要說什麼？店員緩慢的鞋從廚房敲出來，又緩緩的敲出去。

再次發動機車，在黑暗的城市裡，夜晚的路程有一家寵物用品店，櫥窗中的霓虹燈裡有靜止的魚，懸浮在各色光影的人工調味海水中，凌晨三點玻璃缸向外望出的城市，讓牠想起幼時的夢。夜的窗簾，如同液體往前蔓延覆蓋，用難以察覺的速度，帶來不可逼視的場景，淹過十字路口與紅綠燈，詭譎無聲。還有誰還醒著？城市與星空是否反覆倒置了幾次，沒有人察覺，只有幾個睡熟的孩子摔下了床，連哭聲都好靜，思緒也被收攝進入真空。

夜幕摩挲建築物的聲音，像母貓舔舐小貓那樣細微，低頭抬頭之間，幾乎沒有光亮了。荒原不在野地，野草也不在野地，三點的城市，筆直的大道一無遮蔽。我總不由得頷首，打量前方的道路，又不敢看得太遠，前方的荒原可怖，寂靜令人生畏，城市便是荒原。安全島上的荒草向外飛播，如鐵鏽般覆上高架橋，沿著水痕往上生長，由濕潤到粗糙處，填滿風蝕的縫隙。潛伏的樹根破出柏油地，樹圍開始擴張，枝葉興奮得震動，所有植物想起了史前。掌形的藤蔓一掌一掌的跨向對街的窗沿，觸及吹過樹顛的風。

四處開出紅豔赤誠的花，帶著紫色的花蕊一朵朵像鈕扣一樣，牢牢的縫在綠毯上。巨大的荒涼孵孕出植物集體的夢境，夢境隨著花粉四處飄散。藤蔓用時光流逝的速度成長，快得像漏出指縫的沙。樹中央拔地而起的大樹，遮住了去路，要我仔細看清他向上生長的樹紋。他抽高得像一條由天上垂降的繩，可惜天空比他想像得還遠，上升的樹洞像一張張驚惶的臉。

電線彷彿鋪上了青苔，由上而下的垂落青嫩枝枒，翻動了河水，河沿逐漸被緩緩上漲的河水蓋過。矮灌木幾乎以跪拜的方式向路中央擴散，舊草枯黃，新草又綠。大樓的鋼筋在枝幹的擰壓下，窸窣掙扎，土石崩落處都隨風要上一瓢種子，在夜裡生長開花。野菊爬上車頂，盛得像一盤電纜，公園外圍的大王椰子向上拔高，枯黃的夜頹然橫躺在街道，接引更多綠色生命的生發，隨著夜一路向前。向上生長的大樹像一隻乾枯的手，拉扯黑夜。整個城市是無人的第四座孤島，殘存植物的夢。

夜晚的迷眩像樹根把平整的生活緊纏捏碎，變成一塊乾涸的沙地，隨著燈一盞盞關上，在微弱的夜光下閃閃發光，它彷彿成為一條通往光明的康莊大道，但實際踩上去才知道是一地的碎玻璃，不僅劃傷腳底，一片片還要映照出千百個焦慮驚惶的自己。

過街，轉彎，繞過施工改道的工地、穿過那條死路似的九十度彎道，我在騎樓摘下口罩、立起腳架。

蓋上車廂，對街傳出回聲。黑夜用一聲空響，用最大的寂靜來回應。

——原載《INK印刻文學生活誌》第一八七期

光芒萬丈的輕盈——寫給Q

Dear Q：

昨夜我夢見我所有的願望變成一枚金幣掉在胸口上，可感的灼熱，於是我醒來，難以再入眠，所遺憾的是，我已忘記那些擊打我胸膛的願望是什麼。或許仍有更多失落的事物在夢中呼喊，但目前的夢都是無聲的。

直到收到你道早安的訊息之前，我都還在想著這個夢。那些曾被我們步履踩踏過的草地，或許正受著那幾場我們遺忘的細雨潤澤，長出蔥綠的新芽。遺忘的被歸為一處，不遠處定有一塊空地，用以存放我們所有被遺落的物品或時刻，如同搬家後遺留下的電視櫃、沙發與安全帽交互堆疊在騎樓。

那大概是每日累積起來的枝微末節，有一些我回頭看你而甩動的髮尾，有時候我們埋怨對方的心眼，或是你幫我理衣領和撥瀏海的片刻……就這樣解離出來，被搬運到那塊遺忘空地。

但我仍盼望所有時刻都能被你深記，那些打開車窗兜風的夜晚，高架橋下的吻與擁抱，期盼那些記憶深烙在你的腦海，因為你答應要替我記得。在那次我為了某本遺失的日記，某本在水中被搓揉成團與被丟棄的日記，而驚慌自己或許什麼都不再剩下的時候，你輕聲告訴我會替我記得。

這是我到北部的不知第幾個冬天，但永遠都像第一次經歷一樣覺得冷。尤其是下雨的時候，寒氣刺骨，喚醒所有被隱藏的疲憊或是憂鬱，整個城市陷入一片灰色中，這時候最容易感到孤單，像永遠活在漫長沒有盼望的同一天裡，隔日醒來發現手機上還是昨日的日期。令我忘記夏天高溫中，將人精神消耗殆盡的熾熱，以及反覆吹送冷氣無法發汗的那種不適的，忘記一切的，轉而渴望夏日，甚至是像沖繩那種亮度最高的夏天，太陽與空氣共生的夏日，燎原式的夏日，也想要它快來。

劫後的你是否也被關在冬天裡？可就像我們約定的那樣，那些你從甜軟到艱澀的人生，能都被我抱在胸懷收藏，如同你也是這樣善待我。所有暗夜裡溫柔的觸撫，甚至是出自於想像的理解，或許成為我們緩解疼痛的麻藥。我們需要度過時間，接受時間帶來不可逆的所有改變，等待時間的床榻壓出我們的身形，直到某日可以坦然在時間中安歇。

我無力處理人生的僵局，只能靜置它，披上獸皮生活，工作、休息，把自己活成另一個人。碩士論文甚至是拖到最後一年，咬著牙在恍惚之中完成，朋友問我，那幾年我到哪裡去，怎麼不寫了，他們不知道我為了讓自己活著，其實無暇顧及其他。我是如此努力的想讓自己活著。因而事到如今，在準備要出書的前夕，暗夜時分我往往想的是這樣一手爛牌，打到這樣可以了吧！因而我可以在書裡，寫給你這幾頁。

我們二人各經大劫，你的傷痛比我更甚，憂傷也更長。為你吹髮時，你肌膚檀香的氣味，還有髮絲間隨著水氣逸散而出的哀傷，我同時呼吸到了。還有些那些你不經意吐露的夢，那些你要乘坐飛機至海外洽公，在機上遇到舊同事的夢，夢裡出現舊友的面孔都在刮著你的心，那些陰影如壯大的樹根在毀壞的城牆與破碎的磁磚間頑強的生長，吸取土壤中殘存的活物的氣息，那些可怕的夢讓你逃避睡眠。

更多的傷，我們將它放在原處，等待它有一天變得無足輕重，或等待有一天我們能走得離它更遠。你悲傷將欲遠行，我陪你搭了好遠的車，或為你找到可以掛單的禪寺，等待你繞到島邊的稜角，坐看潮汐，等你願意度過冬眠而甦醒。

話語有限，當我看完《一個巨星的誕生》淚流不止的走出電影院，這部電影已被翻拍長達四次，但仍有演繹不盡的趣味。某些鏡頭特別美的 Lady Gaga 在其中被困在某種話語的困境裡，正如我以為我懂你，卻難以精確的向你傳達我懂你，所有的話語說出來都成餘燼，我們只能孤獨的，各自對抗世界。而我真正想向你說的，這些文字皆難以觸及十分之一。

那陣子往往我夢見自己擁有一盒不起眼的沙，在全黑的斗室裡潑灑，轉眼會變成星光，但一拉開窗簾便會消失，我總是來不及等到你在我夢中也看上一眼，窗簾便被拉開。

我多想讓你也看看。

漫長數月，你由浪遊回歸，我帶著你逃到台東海濱，鋒面帶來的雨水勸退許多遊客，獨棟的民宿裡只有我們兩個人，啟程前我患了感冒，當地的雨水還是很冷。海不如我想要給你看的那種藍，變成憂鬱的點畫，像安哲羅普洛斯的電影蒙上一層霧。那幾天，我們在人跡罕至的海邊搭著肩唱你喜歡的老歌，時近中午走到小漁港，看著帶著油汙的疲憊漁船，聞著鹹腥的海水氣味，等了很久才上菜的，吃了一桌海鮮。回程買了一個紅豆麵包作甜點，下午在正對大海的雙人床上擁有一段長而安詳的睡眠。雨水、海水、眼淚、溫泉，一切的水，總有一天，我們能洗去那些根植的憂愁。

平日，我還是穿著舒適的白色短T俯案工作，泡一杯無糖紅茶加上植物奶，累了到附近的公園散步，吃光冰箱中的蔬菜，再填滿它，洗淨再曬乾那幾件重複的條紋上衣，下午出門為學生們上課，獨立而且安靜的過日子。偶爾在做菜失敗時，想起你為我做過的紅蘿蔔炒蛋、煎鮭魚，還有搜刮冰箱食材胡亂燉的好喝的湯，以及切好讓我帶出門的水果。

你那些用木頭鉛筆寫下筆畫溫順光明的讀書便條，散落在抽屜，數十本書堆在桌旁。我的日子用樓下小狗的叫聲，早上七點半鄰居上班的關門聲，還有每週二十分鐘，隔壁大樓大型馬達運作的聲音，當作背景音樂。這些往復的事物，充斥著忙碌的生活，有時美好到我忘記自己仍在等待。

等待你的工作假期與回返，讓住所充斥你的聲音，與我一起調侃小貓的拙樣，去吃你喜歡的火鍋，分食更多樣的菜色。大劫之後我們身邊的朋友換過一輪，聚光燈打在離我們遙遠的地方，等我們迎上前去，難免步履匆忙。那些終於卸下案子的某日，或是舉杯歡宴後的宿醉，我們才往往有了晚起的理由，甚至錯過中午前最後的晨光。所有我們相遇的時光如此可貴，我是說那些爭執也是，都是為了往後的回憶作預備。自然在那些等待消息的幾年間，雖有更多相處的時刻，卻也同時承受夢想殞落的重力，我的倔強與你的脾氣彼此對峙，非要把彼此弄得不快樂以試探關係，那些生硬的力度，那些女孩子的心思，想來是難懂而且令男生為難的。那些至今看來珍貴相依的時刻，被當時的我們浪擲殆盡，但路沒有走散就好，還繼續走就好，我是這樣想的。

今天不知明天，今年不知明年，我也不確定明年我會在哪裡，做些什麼，相較之下我們能共度以及對談的那些深夜何其奢侈。你喜歡說人生的快樂是有限額的，你早已用盡，我也相信額度的說法，但確信你的額度比你預期的要多。

我們用投影機，將大螢幕投映在白牆上，吃著水果看著美劇，你喝啤酒，我喝奶茶的時光何其奢侈，但同時我們也知道往後將有其他的歡笑來覆蓋生活。我們曾談過往後餘生，我對於永遠這個詞念念不忘。然而永遠究竟是什麼，我們甚至不知該指著何物起誓，連宇宙都有終了。「永遠」對於微小的人類，或許是知道有些確切值得珍惜的事情，會隨著今天過渡至明天，這就是永遠那小小的，簡單的樣子吧。

即使這些年一個人的旅行，也常在心裡與你對話或是爭辯，或是看著咖啡廳空出來的對座，想著如果你在，是否也會像我一樣喜歡這個地方。去年與芬伶老師參加香港學弟的婚禮，商務大樓裡的一個教會，輕盈又篤定的儀式。我半生不熟的猜著粵語的意思，聽著他們的誓言，想著自己這些年來雖然沒有穿上婚紗，但早已用日子在履踐這些尚未落定的約盟，於是為著自己也有澄淨無暇的關係而欣慰。

K的婚禮中，我想著前些年在香港，與你在朱銘展覽旁的一家小咖啡店，喝咖啡與檸檬茶。後悔看見雪糕車，沒有告訴你我想吃。急著想告訴你我們當初不敢坐的叮叮車其實很簡單，坐錯了頂多繞一圈還是會回到原點。想告訴你下次再到迪士尼希望看見你笑。

但願這些光芒萬丈的輕盈，將能助我們對抗現實的重，將我們高舉過世界。大難不在來日，我們已經過完人生的大難了。等到我們足夠輕盈，或許我們就能跨出這一天，只有溫柔長存。

輯二　棲止與塵埃

檸檬塔皮之役

飛機擲過天空時的音爆，我始終無以筆墨，安靜聆聽蓋地而來的聲音任時光被輾薄、反白。

回憶中如同音爆一樣過度曝光的片段，像是一捲捲曾經氣勢磅礴的過氣電影膠捲，不知該丟還是該留。齟齬扞格的，逐漸在體內深處長成一根刺，微微的疼痛十分隱晦，令人誤以為這樣的不安是與生俱來的，藏在遺傳基因中。

而生命裡不夠柔軟的部分，我用食欲包裹，那些滑過唇舌的酒肉，順道洗去了悲傷。

一道傷痕用一口食物填補，血液灌注由食物而來的熱源，滾烈的席捲至四肢的末梢。關於食物的開關遍布生活各處，機敏的開啟我腦中的食欲硬碟，召喚出萬千饕餮。有時鍍銀小叉輕扣瓷盤的聲音，讓我想到蜂蜜蛋糕蜂巢般的氣孔，濕潤的蛋糕被叉子切下，下一秒又彈回原形，輕飄飄的，吃下去也會輕飄飄的。

一次讀到簡媜孕期，看著燈泡便想吃小泡芙的那段，一口一朵泡芙的喀嚓聲，開始環繞在我的耳際，還有吃完泡芙用手指在盒底揩起巧克力醬，往嘴裡送的畫面。我印象深刻的想見，那巧克力醬的黑並不是全然的黑，似是巧克力醬混過奶油的深咖啡色，甜膩的滋味蓋過所有人工香料的不協調感，無論如何它很美味。

對於甜膩，我總是過度傾心。國中、高中時期的我，提著一杯杯飲料繞過大街小巷，珍珠在吸管中輪番上游，甜飲環繞齒頰，直至口腔最末，如江濤般拍回舌底。紅茶在燈光下透出的琥珀光澤，奶茶那種帶紅的粉咖啡色，滾過黑糖的珍珠亮閃閃，糖漿在杯底晃蕩，如果是透明的飲料杯，我都曾報以欣賞藝術品的眼光。七百c.c.的大杯子予人強烈的安全感，永遠喝不完似的，又像是某種富裕的標籤，滿足所有的虛榮與升學壓力下的不安。

高三那一年我拖著沉重的腳步走過梅川旁成列的欒樹，任由飽脹的頭疼將繽紛的春天反白，艱難的拖出每一個步伐，倚上校車座椅將所有日常事物胡亂攪和成一個夢，睡睡醒醒的嚇著自己。

上午四節課我托著額頭寫考卷、聽課，感覺身體已經放棄抵抗被英數覆蓋的每一日，我再也無法移動自己，剩下一絲的信念，那並不是任何偉大堅強的意志，只是不敢與他人不同，或者是倔強，因此我沒有告訴任何人，我有多麼不舒服。

不適的時候，幾乎把所有思緒都清空，頭腦昏沉，在每一個白色的疼痛裡面，讓疾病發揚尖銳的一面，不做任何思考與反制，也忽略其他所有煩惱，白，又空無一物。一直是這樣的狀態，直到下午第一節課後才漸漸能站得起來。

站起來到福利社買一杯淺紫色的葡萄果汁，放在桌子右前方，在寫字厭煩的時候喝下一口，感受彩色的世界慢慢回歸。

母親知道我戒糖戒不掉，開始禁止我喝飲料，我將飲料夾帶於書包間，藏於書房小口啜飲，趁夜深將飲料杯洗乾淨，再帶至學校垃圾桶丟棄。這份得來不易的幸福，卻又使我加深擁有它的願望。「你早晚會得糖尿病，還要去洗腎！」母親的威嚇下，拚死買一杯飲料的想法，貫串我的制服時期，加深這項選擇的壯烈成分。

「你整天喝飲料，血一定是甜的。」國中同學很確定告訴我。那樣的血，也必是我傾盡一生孕出的佳釀吧！我一直都不怕。從珍珠奶茶、蜂蜜綠茶到古早味紅茶，我知道糖是如何化解廉價燥口的劣質茶葉，更聞得出人工香精假造的茶香。但耽溺於某種固著習性的我，仍是享受糖與茶涵融一體的滋味，粗糙之中有一種壯美。

這些小毛病正是我之所以成為我的根據，像是撥瀏海、玩項鍊一類安頓自我的小動作，或是口頭禪，小毛病令我形象鮮明，如果要從千百萬個軀殼中找回自己，這些小毛病必是關鍵。

直到甜飲的召喚在二十歲之後開始與短裙比拚，我漸漸在對於甜飲甜食的想像中，加上一個四肢纖細的白淨女子，大口的啜飲、吞食，吃盡糖粒又能戰勝脂肪的女子，那才是人生的贏家。白嫩纖瘦的女孩吃霜淇淋，是最美的事情。

但這樣的認知令我苦惱，因為這樣的感悟來得太遲，因而幾次裸身立於鏡前，那些吃糖的代價毫無掩蔽的喧譁，溢出標準線外的手臂、臀腿，都像是肉色的恥辱。所有想買的衣物，想染的頭髮顏色，只有被我放進電腦的暫存清單，等我再瘦個幾公斤，一次買齊它們。

高三症讓我面對母親的質問便開始暈眩，聽她說話我前後搖晃著身體，停不下來。她要我馬上去把病看好，不然書不要念算了。我是多麼厭惡考試卻又不得不讀，不前進便無法逃離，我需要遠走高飛。醫生告訴我這是腦壓太高，「你有什麼壓力嗎？」我搖搖頭。

放下手中微糖的奶茶，某個搬家的途中我恐懼這樣的喝飲並不能為人生帶來任何益處，只靠糖類維持高EQ終究只是假象，我撕開包裝紙打算倒空茶飲，再將杯子回收，但低頭一見那綿密細緻的泡沫，像人魚綿密的淚水，遂又帶著愛憐與愧疚，讓冷飲滑過唇舌。

我想起C，她改過許多名字，曾經，她告訴我她深信自己的名字不是目前這三個字，深信自己錯活在他人的命運裡。她算過許多命，攜來各式的字條要我幫她拿兩個字，湊出她真正的名字，我叫過她第二個名字，代收過寫著她第三個名字的信。

她找不到自己的名字，知道自己不該是這樣，這些幽微的煩惱占據了獨處的夜晚，她絞盡腦汁想像自己該是什麼樣子。沒有名字的她，找不到自己。正如我始終沒有成為自己想要的樣子，內在辜負了外在，外在妒忌內在，日復一日的相互仇恨著。

對於食物的喜好並非對高級食材的特別偏愛，只是因為某種偏執。我找了三年還找不到當初在餐廳打工時，老闆娘每天都要提前退冰的切片蛋糕。我看著蛋糕從塑膠盒裡輕拿數出三兩個，有起司口味與提拉米蘇，擠上三瓣小奶油與後院摘採的薄荷葉兩片。我從未嘗過，因為打工一小時大概就是一片蛋糕的價錢，卻時常想像過它的拌料較稀，泡泡的口感帶著空氣，奶油味道有些膩口，但半退冰帶有小碎冰的口感，可以蓋去次級用料的味道。

次級的味道才好，香精築成的虛擬世界比真實世界動人，用料太真的起司蛋糕，只能淺嘗即止，但焦糖色的輕乳酪蛋糕卻能愉快吃到最後一口。品嘗任何食物之前我掘盡五感的記憶去聯想，以及假想擁有後的滋味，許多時候我想念的味道，其實從未品嘗過。

所有關於食欲的想像是線狀的，包含戲劇開場前的期待，還有散場後的餘韻。一層一層的食欲滋味，數條交疊於時光之中。糖之於我，漸漸像是一種癮頭，想像方糖在開水裡消融的樣子，我都能分泌齒頰間的唾液……

生命中曾經有一場逃殺，我逃離母親的躁鬱與無止境的管束那日，直到喝下第一口紅茶，顛倒的世界才恢復過來。得知我與朋友合資的公司將要倒閉的最後一個月，我幾乎喝遍便利超商所有現泡飲料。或許所有甜食甜飲的記憶之下，淺藏的是對自我的歉意，我真該抱歉的是自己，自我傷害往往是不收手也不留心，我讓自己變成奇怪的樣子。

內心矛盾的征戰，在一杯杯的甜飲間消融，又在一次次鏡前的懊惱中復燃。細瘦的雙腿走起路來多麼輕盈，那些纖瘦的女人似乎沒有煩惱，或是她們的身材能將煩惱昇華得很美，搭配蹙眉成為一幅風景。我開始減肥，為自己設下界線並試圖穿越，透過調整時空之間的變因——我的身材，相信一切將會因此有所不同，總不能陷在糖漿裡。我與糖水暫時告別，我忍受過運動後的疲憊在體內焚燒，感受乾攪的腸壁搓揉、刮磨，像是修士在鞋中置入小石頭那樣，期盼身體的受苦能換得精神的救贖，讓我原諒自己貪婪的口欲，以及凶狠的吞嚥。

後來我吞下減肥藥，彷彿吞下微型的自己至體腔之內，揮舞著小刀小槍，與食欲對決。《神曲》中的爆食地獄：狂雨、冰雹與暴雨式的汙水，是多麼寫實。隨著戰鼓般的心跳聲，血液在血管裡竄流，身體從此刻起與我為敵，試圖攻潰過度安逸的軀殼，大方的敲碎、剝落、震顫，在重建之前先使之潰散。汗水在深夜將我叫醒，彷彿一層新生的胎衣，我感受到全身上下的毛細孔，無私開放，我恍如竹笙孔洞全開，感受冷風撩貫髮膚，冰與火在體內反覆。

失眠打壞了生活節奏，夜半如同枯骨幽魅，感覺自我身心疲憊，卻毫無睡意，腸胃發出哀鳴，我卻像靈魂一般遠觀飢餓的自己，好像那是一副他人的身體，全然無感。

三個月之後我不再吃藥，因為當我發現藥效消退，食欲如同地心的岩漿沸騰，我渴望所有高油脂、高熱量的食物，嘗一口便感受食物在其中最細緻的滋味，薯條上的每一顆細微的鹽粒，到澎起的外皮那曾隨油溫消長的痕跡，尾端的焦脆、中心的軟綿……真實的金黃色的滋味、奶油的滋味、太陽的滋味。虛幻的反差令我驚覺，如果失去對於食物的渴望與身體的感知，繫住存在之感的韁繩便更加細軟。

戒藥復藥之間，胖瘦交替之間，有許多事情與之相似，皆是徒勞。

女孩減肥的血淚簡直可以寫成《奧德賽》，那是一次次賭上尊嚴與意志的戰爭，若沒有減肥藥，回答每句「你不吃嗎？」內心都是百轉千迴的掙扎，胃腸也百轉千迴，因飢餓而糾結發抖，我們用最後的理智驅散欲望的魔鬼。

「我不餓！」世界的女子齊聲說。

節食到難耐的時候，「脂肪球」三個字便占滿腦海，並不是莫泊桑筆下那位如羊脂球綿軟的妓女，而是想像鑷子從裝滿金黃色油脂的燒杯中，夾出一朵淋漓的棉花球，棉絮夾帶著圓珠欲滴的油水，金黃色是多麼美好的顏色，雍容華貴的脂肪。所有對於自我的懊惱便能歸罪於身材，直至脂肪消融，不幸福的一切也可隨之消融，我有如追日的夸父追著太陽，渴飲無加糖的大川大澤，如此往復循環的追著一個體重計上的刻度。

但難道不吃甜，就可以好好照顧自己了嗎？對甜食的追求到對身材的追求，或許只是過渡到另外一種盲目的寄託之中，但最可怕的是找不到任何可以追求的事物。這種內心征戰的江湖，無人可以涉足，正如C載著我行經高速公路，要我為她想名字時，我分心的望著那水泥砌成，微微隆起的小小護欄。我從來沒想過護欄會像消化餅碎塊壓出的塔皮，從冰箱端出底部帶些水分，上層乾脆的塔皮。

千萬間咖啡店裡我配著咖啡，半熟微酸的乳黃色檸檬醬，有麵粉、糖粒、檸檬汁的味道，上桌前用銼刀添上一些綠色檸檬皮，像春天的草地。一口咬下，那是無我的境界，香氣輕覆我三十歲的五成新軀殼，酸味有微量的電流，暫緩所有焦躁的思慮，那零點零一秒的時間裡，我是天地、是一切。

「我真的好餓，我好想吃一個檸檬塔。」我前言不對後語的，回答了C的話。

——原載《文訊》第四〇四期

挖掘的練習

那一晚我決定在舊家門前望著夜晚開啟的燈光，雖然我想念那個家，卻再也不敢踏進去。鑰匙，也在很早，很早的時候就被我丟入垃圾桶。

是不是將時間的刻度拉直，便成距離，而螻蟻一般的人事便在其中遊走。如果人事終有離散，我走向你，實則是背離你的過程，刨掘到最後會剩下什麼？如果愛恨能夠量化且都有厚薄，一切可否禁得起我的詰問？當我思量自己幾十年的來歷，思量某些學生時期的至交，甚至是發誓一輩子要憎恨的人，驚嘆這樣的愛恨透過歲月的沖蝕竟只剩下某些隱約的形象與光影，在回憶的模糊影像之中，我意欲前行，卻只看見一片空無，或許是愛恨消磨至最後的形象，白色的一片，沒有盡頭、沒有方位，像是一間全新的房間。

人世間的遷徙如果也能化作空無，要用多長的時間來換取？遷徙的根源是源於母親，她帶著我逃離婚姻與破敗的生活，透過同脈的血液在體內竄流，喚醒我相同的本能，於是我也逃離了她。地心之下的那雙手，在什麼時候悄悄的挪開了我與母親的距離，令我們走向不同的兩路……「我真的好想死」、「信不信我殺死你」母親在我的生命中留下這兩個聲音，幾乎要掩蓋其他的，更多的，難以計數的種種。

當年母親三十出頭，離婚後堅持帶走三個女兒，我喜歡母親的倔強與不服輸，也深知我像她。當年母親領著我們來到離島，將我們託付給繼父，她回到台灣工作，約莫一個月回來探望。離開之前她常帶著我們去挑選幾箱調味乳，放在床底，要我們每日喝一罐。離開前她會到廚房炒菜、燉湯，將一盒一盒的菜餚放涼，分裝至保鮮盒，冷凍或冷藏，夠我們吃上好長一段時間。

上坡路上，我遠遠聽見母親的厚底鞋扣著地板的聲音，彷彿在輕敲地殼，彷彿在輕敲一顆水煮雞蛋，叩叩、叩叩。她罩著深藍色棉長衫，提著一只大棉麻袋，一路輕叩過來，我悄悄的縮回路旁停放的車輛後，像一隻被遺棄又頻頻回顧的動物，雖然我始終想不明白，我與母親之間究竟是誰先遺棄了誰。我止住呼吸，聽著鞋跟的輕叩聲漸行漸遠，再悄悄探頭看著舊家的窗戶，燈一路由玄關，亮到廚房。是她沒錯，於是我哭了出來。

與繼父在離島，菜吃完了需要自己下廚，但國一的我連青菜都煮不熟，從此我害怕食物不熟的古怪氣味，雖能再加熱，卻使人食欲頓消。時至今日我仍害怕過硬的米飯，儘管曾被男友抱怨過難搞，卻也只能將整碗米心未透的雞肉飯擱在桌上，再衝到廁所把正在咀嚼的米粒全部吐掉沖掉。煮水餃要煮到肉穿皮透，蛋花湯要攪到蛋花散成星點才可以預防吃下未熟之物，有一次繼父把筷子丟向我，問我連蛋花湯都不會煮，煮的是什麼東西。某種巨大的恨意在靈魂深處湧升，無處發洩，我只有把繼父的牙刷與毛巾丟進馬桶，再將它們沖洗乾淨。

直到有一日我發現，繼父都知道，但從未揭穿我，我並無愧疚，而是感嘆人與人何以互相憎恨卻又假意相安，無奈的共同生活，像是在酷暑之下毫無遮蔭，只能任憑一切被滾熱的陽光曝曬。

尤其當我用更大的愛，意欲包容恨意，在未知的情況下心安理得，但一經覺察又難掩淒涼。

A告訴我，他研究室外面有一隻流浪狗，他多想踹那隻狗幾腳，但他知道不能，於是他買了一個罐頭餵給牠吃。我至今仍搞不清楚是憎恨母親或是愛著她，愛恨交雜之間，妄念紛飛。

這時我反而羨慕母親，因她往往不掩飾對我們的恨意。小妹升高中的時候，母親不滿意她的成績，強制讓她將志願卡空白後交出，整個暑假讓她在沒有學校讀近乎崩潰的狀態下，恐嚇要讓她出去工作不用讀了，直到開學前兩週才拽著她拿著她的成績單，到附近的三流的私校拜託教學組長通融。

母親對我們幾個孩子那種玩弄獵物似的作弄，換來不是更決絕的悖反，就是更病態的依附。

離開繼父之後，母親成為我唯一的依靠，我追求學業上的成就取得書卷獎，從中文系用第一名畢業，只為換得她一笑，她說我是她的驕傲。她說她身體這裡不好、那裡疼痛，她說她要死了，更多時候她說她想死，在那段惶惑又迷惘的階段，我只要提起母親便要流淚，我執著於如何在她自言所剩不多的生命裡，表達我對她的愛。

我讀的大學離家騎車只要五分鐘，我將打工賺來的錢全數給她，回絕一切社團與邀約，下課直奔回家見她，上課途中聽見疾馳的救護車聲我驚懼不已。幾年後的日子回顧這段時光，帶來的創痛與悲傷之外更多是迷惑，像出生的嬰孩為著愛恨難辨的世界而迷惑著。

離家之後，我用簡訊與母親聯繫，卻暫時無法再見她，擔心這幾年我自築的城邦又將在她幾句風涼話裡崩毀。而無論她回給我如何醜陋的字句，我總是在簡訊中請她保重，告訴她我們有天一定會見面，在我準備好的時候。最後告訴她，我愛她。即便在愛恨混亂的時期，我卻仍拋出這句話。

交纏的關係如同一條濁濁恆河，牲畜的排泄物、飯菜殘渣、夜晚的絮語、遺落的拖鞋、沉積的願望、洗米水、血液、帶膿的紗布……種種生活遺跡灌注其中，一路洗滌、沖積，一路浮浮沉沉，緩緩的向下流動，走到世界的盡頭，再重新化成乾淨的雨水回返。若要掙脫這場恆河洗浴，大概只有憎水的貓。

當貓兒咪用她鵝黃色的雙目注視我，恍若將我擁抱，當我旅行時端詳她的照片，便能在腦海中重塑她每一寸毛皮與腳掌，暈染灰與白針筆勾勒她的形貌。貓兒咪是我從小妹男朋友手中救下的，產後失寵又過分憂鬱，原要被送至收容所。她填滿了我所有套房遷徙的歲月，與我共享每一處空間與記憶，陪伴我每一個想家的夜晚。

我從未跟她提起我的遭遇，但我想她都知道吧，當她用鑽石般的貓眼注視我，無瑕、無愛、無恨、無愚痴，一間空白的房間，沒有地平線的廣闊的大道。

無論是童年或是如今泥淖般停滯的溽暑，往往指向沒有盡頭的長路。年紀尚小時，我以為自己是位永遠不會離家的人，因為我喜歡吃一樣口味的三明治配鮮奶茶，害怕認識新朋友，喜歡把一樣的電影看上第二遍，因為我只要巷口的柑仔店有賣布丁，便沒有其他奢望。

或許我真的是不適合離家的人，才會把每一次的遷徙清楚的記下。在工作之間我接連遷移幾個城市，那種搬家前滿室空蕩的疲乏感，像是融了一半的奶油，我都能清楚記得。

幾年前的暑假，我將四個三層書櫃與床墊放上小卡車，驚訝自己日夜蟄居的臥房在清空後仍然顯得小，那樣小的房間裡，在雷雨天我清空書桌，將電磁爐放上，煮一碗麵，在沒有對外窗的房間裡，想像窗外的雨水如何流下屋簷。包包堆在床邊，盤腿坐於被褥之間，被滿室不流通的空氣哄得昏昏欲睡。沒有冰箱，三餐在樓下的夜市解決，發薪日習慣到大賣場買零食，裝滿兩個提袋，這樣便有一種富饒感，好像一隻為了過冬做好萬全準備的地底動物。

然而我卻是懸掛在空中。臨走前望向空洞的屋子，聽見從窄巷傳來朦朧的人聲，好像是遠古而來那樣難辨，又覆滿塵埃。我往往等不到我的屋子向我說出道別的話，便又急著離開。

與搬家工人相約市區的新居會合的時間，我緩緩騎行過白日的夜市，這條街道我在大學時期穿著長裙，帶著銀色耳環來買紅茶與泡芙，也曾為了某件想買的衣裳在櫥窗間輕嘆，嘗試各樣生活的裝扮與各種笑臉，亟欲像是找尋可貴的停車位那樣，也在找尋在世界的一席之地，作為一種成為大人之前的練習。

我看過母親將物品俐落的擺入ＸＬ塑膠箱，俐落的綳緊扣環喀喀兩聲，輕微的碰撞，帶著一點隱晦，幾個塑膠箱默默的裝滿家當，我們離開澎湖繼父的家。那男人是一位附庸風雅的沙文主義者，用著應酬之後滿口的腥臭，大談人生理想與貶損母親，他最愛說自己白手起家，童年過著家徒四壁的日子。我們趁著他出差的幾日連夜搬走，我望著那夜空蕩的家跟母親說「這下他真的家徒四壁了」，我們笑了起來，但我卻不小心在笑中流下淚來。

機車滑行過曾經家教的家門前，那裡的父母忙於工作因而黃金地段的獨棟豪宅尚還無心裝潢，三樓六、七十幾坪的空間裡面，只養著一隻藏獒；四樓凌亂的空間養著兩個天天吃麥當勞的孩子。小男孩的畫裡在三樓只畫那隻黑狗，並非出於童趣而是出於現實。

水泥像是有生命的岩漿，向四處蔓延增生，分解出一個個相似的形體，像是雨後的毒菇，幾千年前這片土地應該沉在海裡，幾百年前則是一片森林。水泥胞子在遠古的地裡沉睡，然後甦醒，有森林前我們筏木為屋，如今我們在水泥柱上鑿洞而居。

當我拿起鑰匙串而不再心虛的轉下門把，我好像才接受自己這個新的身分，知道軀殼的我，真正是一位成年人，除去放在心裡的那張學生證。踏向水泥樓梯的步伐越來越篤定，接受生活向現實面下陷，那每日 0.0001 公分的間距，從散漫歸隊，接受現實的羈絆。

「你一個人住嗎？」

「不，我還有兩隻貓。」

隔著網路，我咬下一口三明治，與貓瞠目看著大食蟻獸在螢幕裡亮起尾巴，黑白條紋的大尾巴，像是一隻從兒童手中描繪出來的奇狀怪物，窄小的眼睛與短象鼻。或許他們連一個名字都不需要，希望一輩子與人類無涉。在無知的領域裡保持鎮定，甚至是不研究也不碰觸是一種美德，當我想見盜獵者也與觀察者一樣收看 Discovery，知道如何從足跡與糞便辨知野生動物的蹤影。

大食蟻獸亮出尖銳的前爪扒掘土壤，像是我和貓兒斑幾週前一起在某個角落發現一塊未清掃的區域，或是偶爾要伸手入床下抓出貓兒塞進去的老鼠玩具。牠尖亮的尾脊因為不曾被雙手觸摸，而閃亮著刺人的光芒，毛皮生來為了禦寒而不為被撫觸，在樹林裡成為一個安靜的影子，偶爾閃現在科學家的夜視鏡頭中。城市的夜視鏡頭照見水溝蓋下萬頭鑽動，數萬隻蟑螂彼此交雜吞食，爬行至柏油路上被攪毀在疾駛的輪下，或是順著水管往不知名的地方爬升，抵達下一個出口，在天亮以前找到更安全的地方。

夜晚的公園，等球場的探照燈都熄滅之後，流浪者漫躺椅天地為床，便利商店的戶外區，菸灰缸的菸頭滿溢出來，二十四小時的加油站發出喀嚓的油槍開關聲。

我走向新居，待書櫃與床墊填滿這個空洞的水泥窟窿，燒起第一壺熱水。直到我的貓兒斑走了進來，像是柔軟的心臟，具象我的靈魂與不安。我用指腹梳順他的毛髮，看著他覆蓋黑毛的後腦，像個溫順的小男孩坐著等待。接連幾日的夜晚他從安睡中驚醒，開啟每一個衣櫃往內深掘，翻出所有整齊的衣褲，想要在這從水泥中開出一條道路，重回過去的生活之處。我坐在黑暗中的床上，看著他著魔似的忙碌，再抱起躺在地上精疲力竭的他回到床上安撫。

叢林中的食蟻獸在夜間攝影機裡穿梭，長夜的城市裡有隻小貓想刨破衣櫃，有隻黑狗處在空蕩的三樓，還有搬家而失眠的我，我們一起向下挖掘著，想穿透絲絨地毯、磨石地板、紮綑灌漿的水泥與鋼筋，下探至鋪滿青苔的泥土，再向內向裡。地殼的背面或許正有一雙不知名的手，如同調整玩具卡榫一般，悄悄的用釐米的方式在調動著我們的生活，離某些事物漸漸近了，某些又漸漸遠了，加上地球自轉的速度，令人茫昧而頭昏。

當我進入靜坐，專注於吸吐，感受微弱的風穿過髮絲，感受外在的聲音如同飛升的氣泡，我彷彿空無卻又是一切，也是一旁坐臥的貓。當我明白現年三歲的貓兒咪並沒有太長的年歲，便急欲尋求與她溝通的方式，透過靜坐來傳遞影像是其中一種嘗試，我默想她密長的絨毛、緋色的耳尖、濕潤的鼻頭，我閉上眼，卻又無比專注的注視著她，這樣的想像帶給我莫大的安慰。

我試著在心中叫喚她，並且耐心等候回應，眼前卻是一片漆黑。長達幾次的練習彷彿徒勞，人與物真的可以心意相通嗎？她知道我愛她嗎？如果可以取得溝通方式，或許我們得以橫跨生死，我彷彿用沉重的軀殼攀附她瘦小的身軀，求她帶我一起度過恆河，若可以，更不願被河水沾染絲毫，卻忽略了當我執著過深，早已身墜恆河，在其中載浮載沉。

當睡意襲來，冥想的時光接近尾聲，我的腦海突然閃入一幅畫面，一個四、五歲紮公主髮型的小孩，上身著黑，下身著白，嘟嘴似嗔的看著一扇關上的門，帶有一些怨懟的意味。黑與白是貓兒咪的花色，我直覺那女孩是她，猛然張開眼想搜索她，房間早已關了燈，一片黑暗。是否是怪我這樣的叫喚，令她不得休息，抑或只是有所思的夢境，抑或是地殼下那雙無形的手錯調符碼，讓我在那短短幾秒間窺見人與物的相通？我感到萬分疲憊，長年奔跑的腳部肌肉、長年挖掘的手部肌肉都疲憊難當，好想讓一切慢下來。

帶有怨懟，並不全然是恨意的貓兒咪，看著那扇門，或被遺棄或是追尋，卻又只能接受，或許她還學不會恨，值得恨的事情便已經到來。睡意如浪潮，各種白日被隱藏的意識，在腦海中紛呈。看見幾年前在禪修過程，我在大廊慌忙奔走，正在尋找些什麼，此時一位法師一雙手護住我的雙臂說：「不跑，慢慢走。」我能否慢下來，站在原地，將自己成為準心，感受周遭如風的轉速，如此輕巧的流動？或是身隨恆河之水恣意浮沉？

真的可以嗎？這時貓兒斑鑽入我的臂彎，今夜，他終於不在夜裡悽惶挖掘衣櫃，無懼窗外的車聲，將頭輕靠在我的胸口，我用雙手輕拂他星點黑毛，像是哄著他，也哄著我自己，直到我們都沉沉的睡著。我想像母親此刻也熄上床旁的檯燈，靠在枕上，無論眠或不眠。

本文獲第八屆全球華文文學星雲獎散文首獎

借你看看我的貓

像是一個儀式，每天晚上，我輕拍床沿，雙手打在棉布床單上綳綳兩聲，發出信號，他後腿微蹲，輕巧的彈上床來，固執的沿循熟悉的路線，即便我在他正前方，他也要散步如常，從床的右下方踩一圈過來，待我拉開被子，鑽進左手臂窩。

後來我才知道斑斑那樣環床一圈，是在巡視桅桿與船帆。

撫摸著他黑亮的毛髮，他像個剛要升上一年級的小男孩，我忍不住想像他背上紅色書包，戴上黃色大盤帽的樣子，一邊用手烘烘他在冬天裡冰涼纖細的腳掌，搓搓他涼涼薄薄的耳朵。斑斑兩手搭著我，眼睛透出光芒，搜尋衣櫃可有任何溢出的衣角可供抓取，搜尋四周可有他遺漏的樂趣。

這位小朋友累了卻還不想睡，「明天再玩吧！該睡了。」我親吻他的前額，聞聞他在陽光下曬出來的氣味，今天是淡淡的檀香，有時則是帶點臭味的嬰兒乳香。看著他有如一只雕工精緻的小像，絨毛在月色下變成一圈光環籠罩著他。暖意由我們相倚的皮膚向全身擴散，毛毯輕柔的裹著我的全身。流光化成水，床墊開始浮沉，家具也飄離了地板，房門鎖著，窗戶開著，我們飛過各家各戶的屋頂，遠眺城市邊緣黛黑的海水。

斑斑第一次到醫院，只有兩個掌心大，身上的斑紋未被撐開，一隻漆黑瘦怯的小獨眼貓。在強烈的冷氣房裡，瑟縮在我的胸前，像一顆溫熱的心臟，在我的胸口沉沉睡去。

「這什麼？喔……老鼠喔。」牽著一隻大狗到寵物醫院回診的老先生，若有領悟的說。當年的小老鼠（那大概是身為貓，最不堪回首的人生挫折），如今小跑步時豎起尾巴那有朝氣的傻樣子，或有幾分老虎的態勢。

夜中的航行，行過白日的道路，夜歸者開鎖與夜半清痰聲特別清晰，街角的貓與狗們也跳上這夢船，來！我們有廣大的空間。我一面修整內心的雜枝與枯葉，倒掉臭水，在路邊拾撿花草，重塑新的裝飾，想想能否孵出一些新芽。在我懷裡的斑，呼嚕呼嚕的，像是一小杯燒開的熱水，我用唇口輕吻。航過整排路樹樹梢，我們打算停佇在國小的操場，到無人的教室，偷彈老師的風琴。

尤其是寒流來襲，我們能整晚都這樣倚著取暖。斑在這樣的暖被窩裡，往往能熟睡，放下所有的神經質。幾夜月光太亮，深夜醒來以為已是清晨，深眠的斑斑未被驚動，只有作夢時小腳踢向我，或是發出微弱的囈語。那囈語像是他踩過鍵盤時帶出的亂碼[]]]]]]]]]]]]'，貓的語言。

貓能靠人類接收不到的聲波溝通，同類之間近乎無話。或許為了豢養人類，才開始發展語言。當咪被我叫喚時，會回答「嗯？」斑斑則近年為習得的「媽」而沾沾自喜，但多數是「嗚」，柔婉百折的態勢，小兒女向父母乞憐的輕軟耳語。偶爾我們在夜半同醒，他便再以呼嚕聲，具體向我描繪他的夢，直到我們再度睡去。

忙碌須晚睡時，斑斑咪咪在我身旁各據一方，用各種伸展的姿勢，或摺疊柔軟的身體，淺眠瞌睡，等待與我回房同眠。直到深夜，我才抱起兩隻全身放鬆因而沉重的毛球，輕拍安撫，沿途關燈入寢室。當我們同處，雖沒有開口，卻像是說了許多話，都是關於愛的話語。

彈跳是日常，阿斑全身的斑紋是從後腦往四肢散射，這讓他看起來像極一束光，沒有任何事物能阻擋一束光。斑三個月左右便來到我的生活被捧愛，從前我叫他小小貓，即便如今他已三歲多，還是叫小小貓，成為過分被溺愛因而長不大的孩子，仍活在三個月的幼貓狀態，好動調皮，玩累了便要人抱著哄著。我才明白如果擁有一個人類孩子，將會被我寵溺到無法無天，但斑斑是貓，如此就沒關係了吧！

咪咪越來越像我了，不是生活習慣而是長相。幾次我看著她凝望遠方，下巴的弧線與稜角，都想著「那不是我嗎？」她渾圓的雙頰漸漸變成橢圓，五官拉長一些，眼神成熟一些，想是有更多話想說，從少女變成女人的臉，或者說，我們都正在老去。

冬日咪咪坐在我盤據在椅上的雙腿，心窩貼著我的小腿肚，我感受她血液流動的節拍，用鍵盤打出的每一個字，都有她的氣味。當我低頭看她，我們鼻尖相碰，作為一種親吻的替代。在斑斑加入之前，我們曾有過更為親密無間的日子，在我的第二間或第三間套房中，那是我們的少女時代。

「咪咪」是她為自己取的，她認為不俗。也曾有過其他名字，但她一概不應。

對待她，總有那種父母親對待第一個孩子，或是丈夫對待糟糠之妻的歉意與心疼。在經濟好轉之前那些不知所以的日子，都是她陪我踱過來的。沒有我，她一定可以找到其他疼愛她的主人，但沒有她，我大概不行。說大概是為了為自己保留一些尊嚴，實則沒有大概。

我們遷徙了幾次，忍受生活中似乎沒有止境的變動。某段時間身處夾層的小公寓，全無外來光，令她濕疹掉毛，但看待生活與看待我，卻全無不快。她總是歪著頭，用琥珀似的雙眼看著躊躇不安的我，像是在問我「你在煩惱什麼？」使我能瞬間發笑，至少也要能佯裝微笑，摸摸她的臉。

產後所有人只愛幼貓，她的目光轉為呆滯。在她的情侶主人面臨分手與財務危機時，貓群一一被分送，裡面有咪咪的丈夫、孩子，但咪咪是最先要被送到收容所的那一個，連夜被我搶了下來。在毫無準備的情況下，我一夕之間有了貓。一隻灰白黑色相間，大地色系的貓。

但那時的我們各經離散，感受過各種愛，感受不愛，如此不快樂，往後的路程像是走上公路電影的兩個人，背向過去往前走，其實擁有的燃油不多，也不知能走到哪裡，但最糟就是跳車用腿走。我常常看著這個靈慧的少女快樂的奔玩，彷彿那些失散的歲月都不存在，我們是從開天以來就並肩同行的兩者，不帶塵埃。

從此之後我看貓像人，看人像貓。

再度面臨搬家，清空大部分的置物箱，才走出房門，她返身又躲回舊房間裡，我在床頭板的夾層找到她，摸摸她的頭，告訴她其實我也很害怕。我的傾訴往往能使她堅強，因為她把我擺在自己之先，搬家的路程她十分靜定，我們就彷彿這樣下了錨。

記得國中的時候，與母親談起死，她告訴過我：「如果你有一天真的很想死，記得把自己當作一台機器，用盡力氣的工作、累了就睡，什麼都不要想，度過去，不要死。」所以我幾乎有過三、四年創作一片空白，因為那時我只是一台機器，只想把日子過去，等待下一秒出現的島嶼，等待下次天再晴。

所以無法寫字，也無法讀，各種飽脹的情緒滿溢胸口像是淤塞的膿血，埋藏在平滑的肌膚之下。行走如常，內心卻是碎裂。阿保美代的漫畫裡，吃夢的貓把主人的噩夢都食盡，晨起有些落在枕上的碎片像星星樣子的金平糖。那些肝膽俱廢的夜裡，或許倚著我的枕頭而睡的咪咪，正是這樣想方設法，在夜裡忙活，綴補我的失落。她在那裡，在一座靜島上，慈悲的望向泅泳的我。

我們都在等待一座島嶼，等待有天可以再讀起字，再提起筆像是買一杯手搖飲料那樣簡單。雖然漫長的日子裡，那天像是永遠不會來到。

某次咪咪生了一場大病，被誤診為腹膜炎陽性反應，鄰近的動物醫院要我帶著貓，抱著病歷表乘計程車轉院。咪咪沉重得像一顆石頭，在籠裡咚咚的左搖右晃，沒有力氣伸出爪子平衡自己。當虛弱的她抬起頭，我們目光相接的時候，看見淚流滿面的我，她展現出驚訝的表情，人一般的表情。爾後她便撐起身體，極力的使自己看起來好一些。那樣生死交關的時刻，我們無聲的交會。

橫渡此次大劫，我們彷彿開啟一道共通的頻率。我時常想她，在行走間，在客運微調三十度的座椅上，我閉起眼睛，想著她的眼睛，想著她額前的黑紋如何在毛羽間遊走、分岔、會合，想起在陽光中她回頭看我的樣子。

我在心裡輕輕的撫摸她背脊的細毛，像是順著月球半圈的弧度，讓手掌輕輕的覆上她溫熱的身體，想著把自己生活的毛邊與線頭，也要一起抹平下去，聽見她靈魂深處傳來的呼嚕。當我回家，她靈動的雙眼對我一閃一閃。唯有我們深知剛剛那個時刻，我們其實是在一起的。

動物的心平穩又靜定，有著比人類更澄澈的智慧。我浮動的生活也日漸將自己混成濁水，沒有澄清的一天。他們用雙眼，不假文字，勝過我用口吐出徒具雕飾的話語。那樣乾淨的心只是映出萬物本質，沒有愚痴愁苦。認識斑斑咪咪之後我從無肉不歡，到禁絕一切豬牛羊食品，如果可以，連雞肉、魚肉也要慢慢免除。因那樣具有感情的生命，不該成為食物，該擁有愉快自然的生活。生而為人，我很抱歉。

我們為了美好而耽溺，當生活由衰轉盛，當我終於能夠給她一扇觀望後山、滿眼盈綠的落地窗，還有熾烈奢侈的陽光，還有滿地的新玩具，她難掩身為一個孩子的開心，每要跟我對上眼，總要倚著牆，連續翻幾個跟斗，像是表演。她為全家表演一個星期的翻跟斗，想表示她的開心。

她的心隨著房子而敞開，當友人來探望又離去，她便染上特別鮮豔的好心情，我幾經回溯，才想起友人一進我們家門便說：「哇！這是咪咪嗎？好可愛。」知道自己可愛的咪咪，因著知道他人也明白，所以開心起來。

我在家忙碌的時光，咪咪乖巧的曬陽光，天冷時潛在被窩休息，中午的時候才會跳上書桌跟我打招呼，像是我小時候也會想像被窩是我的帳篷那樣，持守自己的空間。閒時換我走進房間，摸摸棉被外那隻毛毛的小手，聞聞她掌心的味道，再吻一下她的額頭。這幾個小動作串起來，幾乎就是我們的日常生活！

她是一個盡職的姐姐與母親，無論任何時候斑斑發出大叫，她一定會馬上跳下床來查看，並且盡力安慰長不大的弟弟，諸如小鼠玩具的羽毛掉了、小球掉到冰箱後面了、媽媽又剪我指甲了，任何雞毛蒜皮的挫折。

某些奢侈的午睡時光，當我起身準備忙碌，冷風灌入我剛被被褥包裹得熾熱的雙頸，我回望斑斑與咪咪仍在被中熟睡的身影，覺得辛勞有岸。當我提著沉重的身軀回家，接近門口就聽見斑斑隔門大喊「媽——媽——」也覺辛勞有岸。

斑斑三個月大時，因為眼球在雨季被感染，潰爛凸出眼眶，像煎熟的魚眼睛。一個女孩救了他，連帶撈起貓媽媽和貓哥哥，為這三隻貓尋找認養人。而今臉書仍年年回顧，提醒我女孩的溫柔善行。

女孩與當年的男友，也是她如今的丈夫，從嘉義開著車到台中，為著確定我家適合斑斑居住。女孩看到受苦的貓總是不忍，當初看見斑斑她猶豫了一兩天，仍是硬著頭皮救了下來。她嚴格篩選認養人，再收編不親人的貓。拿出領養同意書，留下我的LINE，我們不定時的為著斑斑聯繫。

斑斑同胎的哥哥被認養之後走丟，她自責不已。可以找到那隻貓的吧？可以的！可以的吧？我們這樣彼此說了幾個月，便絕口不提，我們都知道貓真的走丟了，而且生死未卜。隔年她再來看我，斑斑已不認得她，害怕得躲起來，女孩豪氣的說：「沒關係，他現在很幸福就好。」

而今女孩肚子裡也有一隻小貓，不知是妹妹或弟弟，過了年，我就要當阿姨了。各種動物在子宮裡的樣子，人與牛與豬與貓……各種動物都是蜷縮著肉色無毛的身體，一塊矽膠似的肉，漂浮在羊水之中翻轉，扯動著臍帶。兩顆像蝌蚪一樣的黑眼睛，蹄與手都只是略有形狀，大概是降生之後才抽號分發，要人要獸都憑運氣。某些人披上獸皮，某些獸帶著人性，原來是一回事。

斑斑在夜裡睡成大字形，胚胎式深眠。開開的腿，把我擠到棉被邊，早上想跟他算帳，但他比我早起，早跑出房門玩了。

咪咪一早在窗旁看淡水後山褐黃色的樹林已經開始長出新的蔥綠，不知道她有沒有發現樹變了顏色。縱使我們都已過了少女的時候，但我們終有一個瞭望的角度，看見更遠的景色。

直待明年的新風盪入，我們要到那座山裡去看看，sssssssssssssfgh。

——原載二〇一九年五月二十八、二十九《人間福報》副刊

棲止與塵埃

我能夠在陰暗無光的臥房裡見到牠，牠蜷起雙腳，輕靠在我的座位旁。

城市起了霾害，天氣寒冷而潮濕，整片烏雲要落不落，像一只紙鎮，壓在天空上，正好是冬天。我騎著機車快速的奔馳在道路上，十指凍得冰涼，四散的風往袖口和領子猛鑽，冷得受不了，我停在便利商店喝杯黑咖啡，再接著騎。

在外頭有時想喝杯熱開水都沒有。

小房子、小房間，側走六步直走三步的長寬，我的家。全室最溫暖的地方，是那張單人床，不斷輕喚著俯桌的我。牠就在那裡。從巷口跟我，一路跟到室內，趕不走。鼠灰色與米白夾雜的羽毛，破舊的抹布般，牠張著一元硬幣的小眼睛，又黑又小的瞳仁，冷酷無感的看著我日出至深夜的作息。

有些時候我會特別想念牠，想念得發慌，為牠畸醜的樣子著迷，想用手機

Google牠的相片，鄉愁似的盯著。

漿白的日子，由上往下望見不到底，但舀來一掬一掬都清晰。一掬日子裡，我看見某些晚上母親要我騎車到路口接她，坐在後座的她將全身的重量全然倚上我的背脊，我們作為彼此的依靠。某些晚上母親拿東西丟向我，竭盡所能的抓取所有提得起的東西往我身上砸去，好像砸向一個深淵、一個黑洞。某些晚上母親很平靜，某些晚上母親爆裂似的哭吼。

「我夢見你赤身裸體，羞恥的樣子，是不是有什麼祕密瞞著我？」母親的鼻尖要碰上我的鼻尖，彷彿用嗅覺都能尋出我。她不希望我對她有任何的保留，向來我也以自我揭露作為換愛的條件，妹妹的祕密、戀愛的過程、校園的八卦、月經的日期……祕密如同暴雨，難以用一張口或一只碗盛盡，掏掘祕密的耕作歷程中，成全隱私或成全窺探的拉鋸滋養祕密的茁壯，深扎根柢，向內攀升，圍繞著某座廢棄已久的碉堡，與之共生。

當我開始拉著愛人的手過街，共吃一碗冰，共為了一件莫名的小事發出會心一笑，自我的意識在某個醒來的早晨盛放，慎藏祕密，守護某種對我重大：愛的時光、不愛的時光、愛恨相倚的時光，對他人廉價的碎屑，許多轉眼即過的時光，被我如歷史大事一樣記在日記裡。

一日妹妹遲歸，母親不由分說的拿了掃帚就打，說她定是戀愛了，多麼下賤，像發情的狗。我想起桌前那本記載著愛憎的日記本，我設想著拯救它逃離。日記本透過書寫記下的迷離與歡愛，無論是飲食、睡眠、無所事事的記載，都將我的形貌深筆刻畫，奔放的意志與私我的夢想，毫無遮掩的袒露。

在被母親看見之前，在自我尚未茁壯足以抵擋詰問之前，只能躲藏，丟垃圾桶太明顯。但母親窺探的欲望，剝奪我呼吸自由的渴望……不能冒險度過今晚。

我抱來一盆水，撕下一頁又一頁的日記，將它們浸水搓揉。絞殺回憶在一開始顯得生硬，但慢慢地跟上常速的呼吸，這些糊了的字跡與紙團，那些成篇的詩文變成一場零星小雨，字句相貼，用一種字裡行間不曾有過的距離，在撇捺間勾連。我將紙片擰乾，成了一個個紙團，塞至垃圾桶的最下層。

放入最後一個紙團，在出水孔拾起的毛髮、吸管紙套、沾有泥土的菜葉下面，它們脫胎自我，又再次由我脫胎，步入虛無的行列，不再屬我。

至今我仍想不起那滿字的日記，裡面究竟寫上什麼。日記本還在，或許我也會遺忘，但親手毀壞它，使得再無拂塵翻閱的一天，和再也無從把它收進箱底的那天卻又不同。在手刃了那些回憶之後，而所有的欲望、思想最安全的出路，便是化為鳥形跟在我的後頭，保持相對的距離，提防突如其來的崩毀，提防著自己。

水解字跡之後，我與母親回到文字尚未發明的史前，獸群強與弱的爭奪，親密無間的母女關係，在我大學時代發生改變。母親拉我至桌前規畫我未來的人生：審慎交友、嫁給醫生、賺大錢將老家的公寓買下供她開餐廳。功成名就的願望一次又一次的在母親之口環繞，在她載我上班的路途，還有在飯桌前的耳提面命。

她拿著我打工賺來的薪水，告訴我「這些錢交完水電瓦斯費又空了」，賺錢的壓力無邊無際，我一邊家教與打工，提防著不可錯過母親頻繁的來電監控，並在母親的示意下，婉拒所有的社交生活，因為他們不是我未來要交的朋友。而她在四十多歲的年紀便已宣稱退休，用著妹妹名義借來的貸款、會錢，出國、購物。這條鏈結的鋼索無解，我用逃家的方式躲過種種侵奪，但心中的虧欠卻使我往後的每一步都搖搖欲墜。

※ ※ ※

那一天下午，氣溫恰好是適宜午覺的，卻忽然之間地板搖晃起來，窗框敲著窗戶匡匡作響。我自床上躍起，慌忙的翻找些重要物品想隨身攜帶。但大約三秒鐘，仍是一無所獲，沒有什麼東西是重要的，書、電腦、衣服都是可有可無。

「如果整座城都在地震，能逃到哪裡去？」牠還是那樣冷冷的踞著，偶爾恣意的伸展那對瘦弱的翅膀，做出拍飛的樣狀。

才飛奔下四樓，地震就停止了，此時我才意識到身上脫了線的睡衣，正像牠那副邋遢模樣，破抹布，我說。便以更匆忙的腳步，腳板上的拖鞋啪搭啪搭響著，衝回房間。

隔壁房的那個男人沒一點動靜，還在睡夢之中。大概三十出頭，一雙限量球鞋擱在門口。窗口看進去，燈鮮少亮過，只有一次半夜三點多還見他亮著窗燈，輾轉知道他在樓下二十四小時的麵包店值大夜班，睡覺、吃麵包、工作，大概是全部的生活。夜晚的麵包店比他寥落的房間喧譁不了多少，我們有過的交流應是歡迎光臨或是找零。樓下麵包店的服務生中，我不知哪張面貌是他的，我們沒有照面，無聲的比鄰。

一場離散之後，所有的吶喊都像往真空之中聚集。我離家居於雅房，長時間斷絕與家人的聯繫，也不知何時放開了拉著男子過街的那手。

好長一段時間，夢境取代了真實的生活，閉上眼我追悔與經驗，所有與母親之間無法遺忘的時光。張開眼活成一個五感皆失之人，用工作機械式的走過白日時光。某些晚上我夢見母親站在水中，站在岸上我看得見水深之處有什麼，於是無法再往下走。在往後所有的日子裡抽離母親的身影，或是與她相認、祈求原諒？我曾一一設想各種幸福的可能，之後繼續追悔，再目送它與現實失聯。水底、白紙、紙上的字、水中的泡影，總有一天會遺忘，像是那本被攪散的日記。

此刻牠用寬肥的鳥嘴，磨蝕牆面發出刺耳的聲音。牆面的刻痕只有貼上馬戲團圖案的鮮豔壁貼，才能逃過房東的檢查。那磨刻的聲音傳入我的夢裡，使我總是夢見老舊的齒輪或是低鳴的狗，作著奇異的怪夢，漸漸的，夢與生活便失去了界線。

牠的翅羽勃發，但無用，短小的翅膀撐不起幾十公斤的身體，懸在腰際成了一個笑話。我將牠每日理毛掉落的羽翮蒐集成堆，扎刺的在入夢之際提醒我保持清醒，在生活中作夢，生活在夢中。

但從那之後我時常處於真空，面對外界開啟待機似的行走日用，在內心世界耽溺於某個時段與狀態中。同事習慣不在我靜默的時候喚我，當我正想著某個意味深長的笑臉，想著莒哈絲說「一個很老的水塘」該是什麼樣，想著是我救贖了貓或貓救贖了我，想起我是如何錯過某一些可以成為其他人的機會、某場漏看了的戲、某個落空了的等待。生活輕到不能再輕，那像是一張鋪在地上的蛛網，我沿著縱線行走。

當無限龐大的思慮輾壓過現實的界線，我試著為自己發出神諭，但更多時只有卑微的喃喃，直至全然無聲。走至樓梯間看著外面天空飄著雲，我思忖上帝對黑格爾是哪樣的存有而不論；回到房間低頭看著牆角的箱子緊挨著，看見書桌下的縫隙塞著洗衣籃，被雨水淋皺的背包抵在抽屜口，我想著早餐該配奶茶還是紅茶。今天天會亮，明天也會嗎？

躺在床上我環視周遭，逃離母親後的生活像一部斷代史，懸浮在公寓的六樓。曬衣的鐵窗連接鄰樓的牆面，架在一步之寬的防火巷上，飄來出爐的麵包香或便當店的油臭味。辨明時序開始變得很難，光源只有日光燈，熄了燈便進入全然的漆黑，幾次從夢中醒來或自工作中回神，以為是下午，其實卻在深夜。

手機上的時間不比感受可信，因為全無依憑，離真實還有幾站的距離。今天也會天亮嗎？從前家裡飯廳前的落地窗，能告訴我答案，那時我對著新風展翅，感受冷空氣灌入肺部的清新感。

※　※　※

在真空的狀態裡，像一個漫長無境的睡眠，我們數著與其他人不一樣的時間，跳接式的連起今日與昨天，步伐與舉動成了投影，真實的我精質隱身在對街那人領上的暗扣中，或是在某個角落被白天遺忘的燈泡裡，世界開始轉動，當回憶化成的鳥形振翅欲飛的時候。

或許我與母親的夢境相連，她夢見自己沉在水中，而我立在岸旁冷眼相看，不願與她共生或共死。那潭水淹進現實裡，我逐漸習有一種流淚，憋著嘴角默默淌著無形的眼淚，淌著無形的眼淚穿上鞋襪，以及打理自己的三餐，直到開口才發現確實是哽咽。「胃食道逆流。」我總如此向旁人辯解，然後清清喉嚨。

人語交雜之中，只要抬頭望向前方，穿過牆壁的阻隔，便能看見牠靜立而羞澀的站在一角，臉上深刻的摺痕，像是書頁翻過的痕跡，下勾的鳥喙與無用的鳥翅，沾上粉塵與霧霾，但若要細看羽翅上的紋理，一絲一絲的細絨、黑瞳般的點狀紋路每一個都似工匠親手繪上，相同之中又各有特色，其實很美。牠像是個等公車的小孩，等待我穿越人群，亦步亦趨的隨我到下一站，總是如此，即便我並不豢養牠，更不為牠繫上牽繩。

若是人在生活中才是真正活著，那我與牠便是塵埃了。透過路旁車窗的反射，灰撲撲的我與牠像極了，或許比塵埃更輕，飄過現實的重量，恍若眼球中的微生物，只有向著陽光才能偶爾看見，隱約的存在。實體的主詞「我」，默默肩負起世上所有的責任與應對進退，用著堅硬頑強的外在，像是一只拙樸的木盒，不時因為過多的停步，過著落了拍的生活，在該木然的時候熱淚盈眶，在該正視的時候將頭撇開。

我們走過布有檳榔渣與菸頭的柏油路，走過巷弄裡面堆滿垃圾的子母車，途經一家未開的書店前，玻璃清晰的投影出整座街道未醒的樣子，對著鏡子我在心裡描繪了一次牠鳥形的輪廓，收在心底。

書店牆角的海報把我帶回現實，牠也仰頭了與我一起觀望，宇宙解謎的海報小標上寫著「木星的光環其實是由塵埃構成的」，我們的呼吸同時懸浮了三秒鐘，再一齊長長的吁出一口氣，我終於感到安心，說的是像我們這樣的小小塵埃吧！鏡中鳥形的倒影緩緩的向我移近了一些距離。

不去動物園

不知在哪兒聽過一個讓人心裂的故事，說的是狗對人的愚忠。作者幼時，父親為了招待遠來的朋友，預備宰殺家中養的狗作菜，那狗頂著滿頭鮮血掙脫剛開始進行的屠宰，一臉不解又害怕，往後方山上逃。作者的父親接連喚著狗兒的名字，牠困惑又帶著極大恐懼，遲疑許久，仍憨直的奔向意圖宰殺牠的主人，再也沒有機會逃出刀下。

我至今仍不知道，要如何面對那一雙雙澄澈的眼光，那閃爍著良善靈魂的雙眼，明知有風險仍然選擇信任的雙眼，是豬、是牛，是一切動物，反射出我身為人類的一切不堪與狡詐，我只能羞愧的避開牠們的目光。

某個冬日早晨，我從夢中醒來，看見剛剛領養回來的貓，用小小的身體，依偎在我的手臂中，我緩緩的移動身體，深怕驚醒牠。牠竟不害怕我這個龐大的他者，尤其我們認識不深，不怕我懷有任何惡意，在睡眠這種毫無防備的時刻，選擇靠在我身旁。不同物種之間，難道有共感的可能嗎？我逐漸發現這些毛茸茸的小身軀竟也有悲喜，懂得陪伴，也懂得守候。

也曾想過要擁有一隻狗，一隻豎著耳朵，未經過品種繁殖的殘害，擁有自然基因，可以陪我很久很久。在貓兒冷對我的悲觀時，還會給我擁抱的善良毛孩子。但當我知道多數犬類一生只做四件事：愛主人、想念主人、吃飯、睡覺。尤其看見視頻中的小狗當主人出門之後，便鎮日守在門前，目不轉睛的盯著門把，諦聽熟悉的腳步聲，然後用最高昂的喜悅，過分熱情的撲跳，渴望洗去主人一日的疲憊……我感到退卻，因為我不知道用多少溫柔，才能償還這份深情。

愛如同溫熱的新血，滋潤疲乏的血管。養貓之後，我隨著流浪動物社團開始關懷黑熊保育、石虎的路殺，以及流浪動物的送養。某次在市場旁，看見有隻花貓像是跑錯棚的演員，慌亂的穿越車陣，直入對街彩券行。我走入彩券行善意的提醒，台灣這種地小人稠的地方，不適合放養寵物，但對方回答我那只是一隻親人的野貓。我買了一箱罐頭與飼料，麻煩店員繼續餵養牠，一面幫貓找主人。

那陣子我幾乎天天都往彩券行看貓，不時擔憂著牠會橫死街頭，一日在貓兒露出肚子向我撒嬌時，我發現牠的乳頭有哺乳痕跡。而好不容易，找到能夠暫時照顧牠的主人閔，正準備要接走牠，但貿然接走可能會餓死一窩小貓，可我們又怕錯失這次機會，放走花貓下次應該誘捕不到了。這時閔蹲下來對花貓說：「我是來救你的，帶我去找你的寶寶好嗎？」打開籠子門，貓兒悠悠的帶著閔穿過巷弄，期間頻頻回顧閔有沒有跟上，牠來到某間公司的後院，來到一個毫無遮蔽的保麗龍蓋子前，裡面真的有三隻小貓。那晚是花貓母子第一個不用挨餓受凍的平安夜。薄薄的保麗龍蓋，暴露在一無遮蔽的後院，那幾日正是寒流來襲，想到便覺心疼。隔日至檢疫醫院探望牠們，我第一次看見母貓全然放鬆，悠閒的躺臥籠中的模樣。

為什麼願意信任人類？不知道人類很壞，有可能把牠們吃掉或殺掉嗎？怎麼這麼笨？究竟為什麼呢？這大概是我終其一生要探究，並以真心回贈的原因。閔後來接手一切送養事宜，將母子四人送至台北一個幸福的家庭一併收養，牠們不用被拆散，過著吃飽睡暖的日子。閔路經台北總會探望牠們，傳來四隻胖胖貓的照片，告訴我貓咪很好。

兩年前，一位嘉義加油站的女孩上網求助，表示有一隻狗在加油站產下一窩幼犬，即將被老闆送入收容所。我們三個網友來自台灣各地，在 LINE 上成立一個群組，暫時收容狗兒一家。

目前的收容所雖無安樂死，但沒有完整的醫療，而且生活空間狹小，想活著而且被領養，要冒的風險太大。後來幸運找到某個電器行老闆，願意收留所有小狗，所有人慶幸這個故事有個好結尾，正打算解散群組，來個俠女式的帥氣轉身。但隨著電器行老闆回傳的圖片，幾隻小狗的眼神從活潑轉為怯懦，進一步追問，電器行老闆卻惡意與所有人斷了聯繫。群組中一個勇敢的女孩與男友隔天開著車趕去，直接到電器行，帶回狗兒一家人。其後幾經輾轉，終於找到一個狗園能夠容納這一家人。

我想到斑斑當初到我家時，送養牠的女孩耳提面命：「如果你不想養牠了，請把牠還給我。」所有送出的貓狗，成為送養人最深的牽掛，如果牠們過得不幸福，我們一輩子都難以原諒自己。

夜晚有多冷，有家的人永遠不會知道。海生館的海水在黑夜微微探出螢光，一隻生性喜愛群居、害怕孤獨的海豚，在立方狹小的水槽中，獨自一隻，獨自一個，重演血色海灣的噩夢。海豚與同伴受到聯合圍捕，被驅入海灣，數艘漁船揀選相貌美麗的海豚預備賣給海洋公園。剩餘海灣中的海豚被剛硬尖利大勾勾起、支解，剩餘的海豚在海灣亂竄，呼吸死亡海豚的血液，飽受將死的驚懼，在死前已死過數次，直到逐個感受刀宰的痛苦，利刃深入，再深入，深刻體會生命流逝，痛到最後一秒。

每年夏至的廣東玉林狗肉節，讓愛狗人士深惡痛絕，主張貓狗應該透過立法，排除在食用肉類的行列之中。但當我看見攝影師走入屠宰場，拍攝那些待宰貓狗的照片，牠們有的目光呆滯，或是眼中只剩微弱的求生之火，原有的生命氣息盡失，絕望等待死亡，那樣的畫面與視頻中待宰的豬牛是一樣的。如果我也吃動物的肉，又有什麼資格反對他人吃狗肉呢？我放下手中的石頭，審視鏡子裡自己同是加害者的面容。

尤其當我知道「豬與牛都比狗聰明」之後，五分熟的牛排，夾著瀑布起司的豬肉漢堡，這些舌尖上的享受，用餐的歡愉之後，我聽見萬獸痛苦的哀嚎。牧場中初生的小羊，細長用於跳躍的腿不是三分熟小羊膝；等待母親哺育安哄顏色粉嫩的幼崽，不是炭火烤乳豬；牛媽媽要養育孩子的牛奶，也不是我的荒漠甘泉。

但牠們真的好美味，肉類作為人類共同的記憶，清晰到我能由味道辨別肉品種類，除了大口吃肉大口喝酒的爽快，壽喜燒、吃到飽肉片一盤一盤的上。雪花、霜降、半筋半肉、梅花，這些名詞好美。我從未想過牠們也是血肉之軀，擁有不堪疼痛的身體，也擁有面對死亡的恐懼，我多希望自己可以不要知道這些事，繼續心安的任酒肉穿腸過。我的美食清單上還有好多店還沒踏遍，我還想再吃一次北京烤鴨還有豬排飯、京醬子排。

下刀切魚，被魚鰭戳傷了手，好痛，那些雪白的魚肉，凝結的血管也還在疼痛嗎？多久以來我忘記肉體疼痛的感受。我看著動畫裡殘餘人類為了躲避巨人，連蓋三道同心圓圍牆，仍抵擋不過筋肉外露、血色滿身的巨人輕易的扳倒圍牆，一把抓起驚慌的人類，無意識的，不露凶光的喀嚓啃食。逃不掉的，再多的渡船，再多的困獸之鬥都是徒然，難道這就是動物的心情嗎？那些呼喊的聲音，如果不側耳傾聽，一點都不會聽見。

側耳聽，物種之間的共感如同隱隱約約的絲線，繫綁在你我身上。電影《親愛的》講述大陸兒童被拐賣的真人實事，黃渤與其他孩子走失的家長，組成一個隊伍四處打聽孩子的下落，某場戲，這群父母聊起孩子丟失的過程，其中一人卻談到吃猴腦的經驗，說道廣東餐廳的籠中有隻猴子特別聰明，對著選擇猴隻的饕客，指著其他猴子。老闆推薦說：「就這隻吧，聰明的猴子腦嫩！」那人吃了這隻猴子，並將這一幕，視為丟失孩子的前奏。這樣的穿插在網上引起熱議，網友討論吃猴腦與丟孩子的關聯。潛意識之中，動物與人的相似性被銘記，許多關鍵的時刻，即便別過頭去，或是嘴上不說，腦海的影像仍然歷歷如繪。

上帝警告亞當與夏娃不要吃下智慧之果，或許不是某種神威的霸權，因為智慧或許也意味某種遮蔽，遮蔽我們明白生命本是同一，遮蔽我們明白智商高低的區別只是千百種區分法中的一種，忽略以人為本的眼光帶有侷限。理智使我們偉大，也使我們渺小，不足以讓我看見全然的世界。當我以平等的視角來看待動物，牠們不再是我文學上或傳統文化中指涉的象徵，更非我的食物。牠是牠，我是我。

其實所有的「牠」都是「他」。

雙眼既已張開，無法假裝看不見。當所有歧視在日漸開明的現代，被那細微的火苗點燃，逐一獲得平反，尚有各族數量不亞於人類的奴隸，他們的聲音只迴盪在清晨的屠宰場。

友人跟我說起小時候狗兒偷吃家裡的肉，他父親拿來一塊肉，只要狗兒吃了，便拿拖鞋打，如此反覆，直到狗看到肉都會害怕為止。如果可以，如果公平，所有生物都會有自己的生存方式，而不會選擇處於劣勢向人乞憐。生存權的爭奪是一場殊死戰，動物無疑是戰敗的一方，而且從遠古開始就一敗塗地。永世的戰俘，揪心的疼痛。肥美的脂肪，幫助人類度過冰河時期，助我們養育幼子，如此循環，當它成為理所當然。

非洲草原上，一隻四個月大，皮膚還是淡灰色，粉嫩如蠟筆繪出的小犀牛，瑟縮在母親身旁。感受犀牛角被硬生生割去後，噴血感染的傷口，如何使母親的體溫日漸散逸直至冰涼。小犀牛用盡全身的力氣顫抖了兩天，也餓了兩天，直到救難人員發現牠，用毛巾遮住牠的雙眼，試圖使牠感到安全，牠仍然無助的顫抖著，在腦海中回放獵人前天在牠眼前手刃母親的場景。

前進後退都要死，屠宰場工人正以電擊棒擊打一隻在屠宰走道害怕到四肢癱軟的牛隻，蹄腳與鼻頭血肉模糊的牛隻跪地流淚。鐵絲穿鼻、水管深入胃部灌水增重都是歷程，前往屠宰場的過程為了方便載運更多牛隻，有些國家的屠宰場會在牛眼塞入辣椒，讓牛隻痛到只能站立，無法坐臥。沒有屠宰是人道的，所有的屠宰都是撕心裂肺的疼痛，從死前痛到死後，懼到死後。

日本盛產馬油、馬肉，一切獲取來自馬隻屠宰，以及大量的退役賽馬。視頻中兩隻高聳挺拔的駿馬踩踏著英挺的步伐被牽入屠宰場，那一幕多讓人心痛，牠們自小的訓練讓牠們臨死仍要服從、仍要從容，哪怕這樣的犧牲換來只是人類可有可無的享受，微不足道。

為了防止雞隻互啄，或在狹小的環境自殘，牠們被剪去嘴喙。酪農業防止小牛喝牛奶，多數是將母子隔離。小母牛成為產乳的接班人，小公牛養大宰殺。某些國家不得已共同圈養時，會將小牛嘴上戴上有刺的套環，讓母牛因為受痛，拒絕哺乳小牛。狹欄中的母豬只能側躺餵乳，甚至無法翻身觸碰到小豬，小豬長得夠大夠快，就準備抱走上桌。我不願過度人性化這些動物的心情，但事實是多少欄養的動物在死前已被關到精神失常、目光呆滯。

愛琴海的豔陽下，接送遊客上下山城的驢子被責打，背負超重的遊客直至背部皮開肉綻。中國大陸因《甄嬛傳》炒熱的阿膠，需要鞭打活驢直至驢皮出血，再取驢皮提煉。印度的驢子在運糧時偷吃稻子，被打碎全口牙齒，吐得滿地鮮血，網友拍照求助「難道沒有人可以救救牠嗎？」是的沒有，目前是沒有的，因為牠們只是動物，應該為人類服務。

不瞞你說，我仍然偶爾吃點魚，或是忍受餐桌上食肉者的調侃。練習不吃肉的我也還在努力，努力拒絕那些美味的肉食，但我多麼高興的知道自己有選擇的權利。我羞愧的丟掉羽絨衣帽子上的那圈貂毛，拒絕欣賞任何動物形式的表演，無論是動物園、海洋公園、動物電影或是賽馬等等，這是我唯一能夠放下手中繩索，還動物自由的方式。我為一切不公平的事物憤慨，但這就像是追魔王追半天，發現魔王是自己的第二人格，驚悸於自我平庸的邪惡。所有的傷害如果以為對方不痛，多是來自我知識的有限，我明白了自己的有限。

如果，如果可以按下還原鍵，如果可以，多麼希望可以找到更多人來與我一起拼湊這個還原鍵，讓微小的力量匯為江河，沖洗刀下的血跡與嚎哭。

或許真有那一天，或許在地球消失以前真的會有那一天，哪怕只有一天或兩天都好。人們為著與自然無涉的生活而心安理得，孩子們從動物紀錄片中看見動物最聰敏真實的面容，牠們只在安全的棲地與動畫中跳躍，所有的殺害成為史前傳說。

多麼希望口中咀嚼的這一塊噴香的牛排可以歸還給牛，香純的牛奶還給牛寶寶，羽毛衣的鵝絨還給白鵝，炸豬排的肉塊還給豬隻……把一切該是牠們的還給牠們。一間一間打開深鎖的欄門，還給牠們綠地與藍天，讓牠們的出生回歸到欣喜與期待，讓牠們的夜晚不再數算死期，我期待牠們快樂，像所有被祝福的生命。

鵝黃色的光

在這個靜好的年末，你只想往超市之中挑選青菜肉片煮一鍋火鍋為自己驅寒，豐盛的火鍋總給人不虞匱乏的聯想，你幻想自己在火鍋緩緩升騰的霧氣裡可以長長吁口氣，讓這多舛的一年暫停在這個舒適的假相中。

你以為不會再有什麼特別的事了，以為吃完火鍋能換來一場安眠，所有的不幸都暫時休止，靜隨明年的第一道曙光重新蔓延。

你與母親分開但只隔著兩條街的距離，穿越擁擠的人潮你總低下頭，深怕與她迎面相對。你將機車停在超市門口，習慣性的張望，就在入口處你瞥見她的身影，短捲髮有些散亂，看來無心打理，臉上晦暗的表情像是久未出現過笑容，一樣的棗紅罩衫配棉質的衣褲，厚底高跟鞋。

她專心的選購蔬菜，應該沒有看見你。你倉皇的騎上機車逃離現場，躲回家中大哭一場。二〇一二年最後一天，超市匆匆一瞥提醒了你，平凡安適的未來不可得，連一刻得以靜止的安詳也不過是一場幻夢。

你再也快樂不起來，你視自己為殺了人又被輕縱的凶手，逃亡在外，無論生命如何加添新的經歷，你永遠改變不了輕視自己的眼光。家破不見得要人亡，二十四年的人生來到你怎麼也想不到的這天，你從母親的懷抱出逃，襁褓在掙扎之間被撕碎，零落的棉絮隨風飄盪，你毀了兩個人的人生，你們註定要在離散之中各自凋零。

無止無盡的深夜裡，你設想她的處境，在空若廢墟的家裡，所有的笑語瞬間轉為真空，這裡的夜晚特別安靜特別長，迴盪著淒厲的鳥鳴一聲一聲，特別在多霧多風的時候。

無論是從前或現在，你總習慣仰望公寓高樓的燈光，只要窗戶流瀉出暖黃色的燈光，便相信那扇窗之後有著一個幸福的家庭，從此以後世界上暖光滿盈的窗戶少了一扇。

你經過舊家時，時常抬頭望，只要見微弱的燈光透映著藍色窗簾，便能暫時放下對她安危的掛心，但隔著窗簾的黃光看來幽微了許多。

逃亡與你想像深宵中的出走不同，你以為離開她會像她小時候帶你離開父親家那樣，闃無人聲的黑暗遮掩你們的頹喪與狼狽。你急急的出走那時正是正午，炙熱的陽光照得你無地自容，你慌亂的抓起幾件衣服，還沒有忘記要帶著電腦，快步之間側背的電腦包被膝蓋匡噹打著，再滑稽不過。

週日夜晚聽見隔壁棟傳來的電話鈴響，才想到已經許久沒有接觸過市內電話，診所初診、比賽報名表，任何需要填入市內電話的欄位都提醒你，你失去一個家。你獨居，只剩用了三年的手機誓死效忠，這是對外唯一的窗口。雖然手機極少有響起的機會，但關起手機使你侷促，彷彿被世界棄絕。也是多久以來你習慣將電腦登入Facebook一邊看書，看見其他人的生活狀態，才相信地球正在繼續轉動。

從小就孤僻，特別在喧鬧的場合倍感疏離，幼稚園起父母要你學著自己睡，躺在床上關了燈，你哭著說不要，看著最後一束扇形的光線隨著房門關起而消失，你流著淚醒來便已天明。

不明白對他人需索的界限，你和世界隔著一層毛玻璃，從小人們對你的印象總是拘謹、有禮。在成長後的某天，有個小孩賴坐在捷運上大哭大鬧，你才恍然，自己不知把握可以那樣放肆的年代。

只那麼一次，五、六歲時你摔斷了手打上石膏，偷偷的敲了父母親的門說「我的手還是好痛」，說著眼淚就流了下來，事實上手並不疼，心中對於自己奪眶的眼淚感到震驚，連續幾晚，你靠著絕佳的演技，安穩的睡在父親母親中間。

難以想像這樣渴望母親懷抱的你，會親自斬斷這條臍帶。

一次北上領獎的過程中，你們在路途上沒有弟妹們同行，享有兩人最貼近的距離，你們逛百貨公司，除了正餐之外還喝下午茶、吃了許多點心，有種出國的感覺，領獎之後你們一起享用那筆獎金買鞋買衣，奢侈的、富腴的。當你步伐落後時看著她踩在雪白磁磚上的背影，便就嗚咽起來，從你懂得愛她開始，便陷溺於失去她的恐懼。每當你們一展歡顏，你不自覺的想「這是不是最後一次？」

平和的時候你憂慮，不幸時，反而安然。

你騎上機車來到巷口，不對，連車都不能帶走，大妹走了之後母親命令你轉告她「把所有東西都給我吐出來」，匆忙之間你的腦袋一片空白，你用最快的速度把車停回騎樓下，差點要滑倒了，車鑰匙用安全帽蓋著放在腳踏墊上。

你只想著等她回來就慘了，會不會在此際碰見正要返家的她？到時該怎麼說呢？你騙不了她的，你心裡在想什麼她都看得出來，她知道你要逃跑……害怕面對她的震怒，而你的畏縮只會更加激怒她，她一舉手你就嚇得往後退，她便更要作勢打你。

找不到任何能夠與她同享的話題，你所珍愛的一切都有被掠奪的危險，你懼於袒露自己，但你希望她快樂，因此你常扯大嗓門說著笑話給她聽，於是笑語籠罩著你們，幸福雖非遙不可及，但猶如手染的翠玉，終究是次等的贗品。

你不曾牽過她的手，在印象中你沒有抱過她幾次，當她哭的時候你連輕撫她的後背都不敢，「一有事都躲得遠遠的」，她最氣你畏畏縮縮不成器，你對她又愛又懼，單親家庭使她是母親也是父親，你們一同經歷過家庭的破碎，而你再度加深她生命的崩毀。

她養著你像養著一個喑啞的孩子，你隨著家道的流轉越來越沉默、退縮，她氣你恨你愛你，面對她各式各樣飽滿的情緒，你畏縮著不敢答覆一句。只有在你離家前的一晚她如同一頭母獅問你：「你要我打你嗎？」

「不要！」你堅定的說，這是從小到大第一次回嘴。

從此每個夜晚總是一片死寂，這樣的畫面一直縈繞在心頭，打開一扇門之後眼前是一片荒瘠的滿布坑洞的地表，你位於宇宙之中的一顆小星球，四周漆黑無聲，沒有風也沒有星子，所來之處只剩一個門框，你站在原地並不驚慌，而且面無表情。

你緊張得只能用口劇烈吸氣，你知道你今日足跡踏遍的地區他日將盛傳你們離家的流言蜚語。你安慰自己別害怕，心裡只想著再往前走一步就好。而後好幾天甚至好幾個月，都擺脫不了這種夢境式的暈眩，凌亂的思緒湊不成句。

你看著手機，心想著只要她到家發現你出走了，這一切便成了定局，在此之前你還有機會直奔回家，裝作一切都沒有發生。過了一會，你看見數通未接來電便知道，你們確定是分開了。

母親一輩子問神算命，卻怎麼也算不到三個女兒會在一夕之間離家。當你在恍惚之間想像自己進入她的立場與之對話，告訴自己無論拼湊起來是怎麼樣斑雜破碎的家族圖像，都要凝視諦聽。

你拄著母親的心緒逆流而上，撥開那些行為的迷霧，直達她憂傷濡濕的目光，順著她的眼光看去，看見你與妹妹三人離去的背影，彷彿一陣旋風帶走所有的光亮，你只感受到強大的悲傷襲來，心房痲痺痠軟，再多的感性的柔情的具有期盼的話語都無法彌補一位母親被撕裂的心房。

你再也快樂不起來，你經常在夢裡聽見她的聲音，母親高亢又尖銳的聲音，給你始終好不了的心悸驚惶。從前在家你只要聽到她踩踏的厚底高跟鞋啵啵啵接近房門，你就感到心慌。真真實實的夢境之中，你忘記了課本，奔回家拿，她在四樓門口送你，你直走到公寓樓下臨出大門前，高聲問她需要幫她買什麼東西回來？她沒回答，你提高音量說「嘿，我愛你喔」。醒來後，你愣了一個上午，和她相處的時光又曲曲折折的流進心裡。

她形容她的母親「在養尊處優的日子裡能夠扮演好所有的角色」，但在破產後一蹶不振，賭博、離家，父親為了逃債遠走日本，她猶如失怙又失恃，跟阿嬤弟弟相依為命，最大的願望便是有一個完整的家。她在愛情裡追逐、失落，唯一能把握的只有孩子，離婚的時候堅持將孩子帶在身邊，三個女兒一個兒子，公公懇求她留下這單傳的血脈，她含著淚同意了。她咬著牙帶著三個女兒遠赴澎湖重新開始，她常常告訴你們「以後我們要買一塊地，蓋一棟大樓，一人住一層，樓下還可以開間餐廳，讓大家隨時回來都有飯可以吃。」你一想到這些話就悲不自勝，你永遠都不會快樂了。

命運是一頭惡犬，咬緊著她的小腿不放，過去種種難解的情感，在她心中持續作用，她是一位悲傷的母親。你永遠達不到她想要的樣子，她在言語之間對你流露出失望，焦慮與恐慌浸透你的身心，你們之間的壓力在這二十幾年之間等比累積、無處宣洩。她在許多關鍵的時候推開了你，一次一次的驅逐你，在生命的疆域裡，你像一個居無定所的以色列人。

你國中時，她被診斷出腫瘤，近乎絕望，責怪你們不懂事，說要離開台灣，一切都不要了。她像重傷的野獸，連風吹來都會刺痛傷口，臉上沒有一絲表情，彷彿根本不認得你。你想到看過動物星球頻道上獼猴媽媽要小猴獨立，一夜之間便不認自己的孩子，懵懂的小猴湊近乳房想要吸奶，就會被無情的抓咬、驅趕，如此重複幾次，小猴只有悲傷的哭了起來。

一句話都不懂反駁，在她面前總是失語，她氣極了，氣你如此無用，氣你只會說笑話，「不是一張嘴很會說嗎？」或「阿姨家的小孩那麼壞，你們也一樣，你們只是沒做出來，你們在心裡想也是一樣的。」你木木然的流下眼淚。她不再下廚，不是臥床就是出門，當時還信仰上帝的你，趁她偷偷的坐在床邊，輕輕的靠著她的棉被，按著她的手為她禱告「上帝求你醫治我的媽媽……」那一陣子你漫無目的的在街上走著，你看著路上來來往往的車都有方向，只有你不知該何去何從。家的意象不確定，在模糊的淚眼之中看起來更飄搖。

你對於彼此生命猶如複製一般的重複上演，感到訝然。這種相似性似乎早就鑲嵌在遺傳細胞中，你亦步亦趨，無意識的默默複製母親的人生。

「她再打我一次，我就要走了。」大妹對你說。「再等半年好嗎？」你屢次拖延她離家的計畫，當她第三次說出這句話，你就知道留不住她了。最後一次你坐在沙發上，要說出「媽媽我想和你聊聊」都講不出來，當時你們在看一部電影，你從喉嚨深處才吐出一個發語詞，一個母音，馬上又尷尬以其他聲響掩飾，你在母親身旁如坐針氈，就這麼直到電影演完，你努力了兩個小時，吐不出半個字。

看到換季出清布條又貼出來，才想起離家已過半年。你想念家中的食物、日用品裝滿櫥櫃，永遠沒有空乏。特別害怕物品用罄與補充之間的空窗期，所有的東西你一定多預備一份放在箱子裡。你想念與父母出門不用帶錢包，買東西不用擔心價錢，也不用擔心吃不完。你安慰自己的方法是走進超市裡，看著各式各樣奪目的食品就覺得安穩，雖然你的胃口對它們沒有太大的興趣，你在心裡告訴自己「想吃什麼就拿」，像大人從前說的一樣。

你總覺得她要殺你，她會這麼做的，她說過。菜飯裡？或是趁你熟睡的時候？尤其在妹妹不告而別之後，你更加惶惶不安，你不敢吃家裡的東西，也常常在睡夢中驚醒。你更怕回家打開門，看見母親自盡的屍體吊在風中晃蕩。

颱風來襲，狂風似乎捲起整個海洋的水往這座盆地傾倒，晨起先是聽到母親驚叫「淹水了」，那大水由牆上、天花板上灌漏下來，你們先切除電源、搬開各式電器，這時才顯露出幾個女人是多麼無助，你們根本移動不了液晶電視，只有先拿最大的塑膠布暫時掩蓋。

忙亂直到中午，母親才意識到大妹的離開，她怒吼著說女兒一定是外面有男人了，你當時決定要留下來陪伴無助的她。她開始拉著你，將責備夾雜著深刻的怨懟：「你知道螟蛉嗎？你們寄生在我的身上，現在看我沒有價值了，把我一口一口的吃掉。」大雨嘩啦的落著，好像永遠都不會停，頭髮與身體都濕了，開始冷得微微顫抖。

椅墊、木製家具半濕不乾，也沒有更乾的布巾可擦拂，亂糟糟的景象不知從何收拾，你茫然的呆立著，想著這一切就這麼發生了，母親憤恨又倔強的揩拭眼角的淚水，說要把房子賣了，她沒有命住這種大房子。你知道再不走，她要趕你出門的戲碼又會再重演一次，你不願意再一次被鎖在門外，害怕被遺棄的感覺四面擠壓而來。

後幾日母親清帳似的，把這個家這數十年的一切講給你聽，「我真的好想死」，你戰戰兢兢的聽她重複這句話，要你別怨她把你帶到澎湖，別怨她離婚，你想告訴她你根本不曾這麼想過，但半句話都說不出口。直到幾天後的下午，你傳了好長的簡訊給她，說明你如何深愛著她，請求她給你一些空間建立你獨立的人格和生命，使你更有力量來守護她。她氣極了，趕著要回家和你談，不及她回來，你就倉皇出逃，不安全感使你瀕臨崩潰，你本能的想要求生。

「走得這麼急，連我送你的紀念品都來不及帶走。」母親傳簡訊給你。她竟像是接受宿命一般的接受這一切，你扼殺了一個女人最後的希望，因著這樣的理由，你再也快樂不起來了。

你沒有一天不後悔自己的決定，想重回家門，將布滿淚水的臉龐埋在她的雙膝之間，不計代價尋求她的原諒，卻在慌亂之中誤觸當初蒐證用的錄音，充滿恐嚇與喝斥的言語，你再度瑟縮顫抖。

你追想母女二人無間親密的年代已經久遠。

那時她的體溫浸潤著溫暖的羊水，穩健又篤定的心跳聲從遠處傳來，溫暖的鵝黃色的光投射至你半透明的肌膚，所以你不怕黑，暗紅與深藍的動脈靜脈是新闢的小路，溫柔的腔壁如同她以她的生命含融著你，你安全得像是從未體嘗過什麼是不幸。沉睡得像是永遠不醒。

本文獲第三十屆中興湖文學獎佳作

輯三　嘉年華

訊號微弱的房屋

屋子裡訊號微弱已經很久了，使用網路，總需要拿手機靠到窗邊，或靜待訊號斷斷續續的整理畫面。前幾年的日子都太過清楚，這種訊號不明的地方反而稍能給人靜定。看著手機訊號的傳送標誌慢慢的畫圓，有些話傳出去，有些話落下來，像是掉下許多零件的故障時鐘。傳送與接收之間多了一段多出來的時間。一拍不是一拍，偷偷的落了好幾秒。我正是在像這樣的隙縫安身，在光線的金絲與金絲夾縫挪出一眼的位置，在訊號的連與不連間，稍歇。

四面牆上在房東租給我之前才上過新漆，書房的塑膠地板有些微的剝落，牆壁上有著一兩塊白鶴或梅花的花樣，房間牆壁鑲入一個古老的衣櫥，木櫃早已拖拉不出。廚房側身是陽台，曬入現榨的陽光，擺上了一副新的貓跳台，除非下雨，否則早晚敞開，讓貓室友自由進出。房間窗戶向著市中心的馬路，旁邊一塊綠地常使得涼風捲入房間，夜裡最繁忙的路口不斷傳來鳴笛與引擎聲，偶有早歸的醉漢的台語歌聲。雖也曾認真考慮將床移進客廳，畢竟只有我們一人二貓，說哪裡是房便是哪裡，但窗戶帶我接收到其他人生活的訊息，仍令我不捨這間懸掛大樓聖誕樹上，如裝飾物般，正對街道的睡處，也日漸融入這嘈雜之中。

對於何者為我，極難形狀出一個具體的畫面，若有的話，便是我的房子或是房間。女性書寫者多喜歡描寫房間，彷彿是一種咒語，我們勾留於某種空間之中。空間的擺設彷彿臟腑，精神與氣質運轉其中，似乎是先有了房間才有我們，是從母腹帶出來的子宮，一道與世界的隔膜。

母親熱衷於布置家居，那是一種母鳥築巢的包容，她能從歐洲扛回半身高的泥塑，從市集找回沉重的鑄鐵裝飾，將白瓷小天使噴上青銅色。而我只能不解風情的評道「小天使漆成那樣很像蝙蝠」，在別後丟與毀大概又是另種出於自私的舉動了。

我渴望清空一切，或許是出自近年來屢屢遷徙。那些家具被綁上貨車的畫面十分熟悉，即便多數物件並不用我動手搬運，但更動一次就仍要面對一次次臟腑形神的潰散與重組，令人疲乏不堪。現在我只想擁有一片隨時可以躺下的地板。它像是爆炸時揚起的震動，讓四壁撤開，隨時乾淨且空曠的地板，一張白色宣紙，任憑我的腳步在其上滾動，躺下便成河流，便成草原。

請不要慷慨的贈與我任何，因為我都能決絕的將它丟進垃圾桶，過多的紀念物，將空間也拖得凝滯不前，許多事物只為有待一日得翻閱而收藏，其實永遠沒有那天。清掉大量多於一件的事物，一副白瓷碗盤、小包裝的鹽與醬油、兩只鍋子、沙發清掉、電視不要。還要換下大地色系以外的物件，花色提袋、花抹布、花浴巾，房子變成另一種自私的樣子。房子自私得容納不下二與三，只有一，一即一切。

狠心將許多羈絆之物丟棄，我深吸一口氣，刷的攤開黑色垃圾袋，喜愛但多餘之物也被接連掃入其中，每個丟棄的部分都牽連著部分的我。屋子更像一節車廂，或某種逃逸出規範的空間，隨身行李無法太多，因我要棲身也要遊走。儘管那並非一般人眼中，居所應有的樣子，就像我也是難以被劃歸入任何行伍之中。

我想起國小的鐵鉛筆盒，那是我的第一個房間，筆盒蓋上貼著功課表、格言，盒底墊上衛生紙，放上削尖的鉛筆與自動筆。紙片代表兩個紙偶，常常在盒裡盒外，被我的手指夾著跳動，在想像的房間裡相處作伴。那是我最早對生活的想像，以為每間房間裡都住著兩個彼此相依的人，一個人上班，一個人做飯；一個人哭泣，一個人安慰，像我的父母一樣。如今才知道生活是一盤等待揉捏的泥土，只是多數人習慣把它捏成同種形狀，放肆生活自由成形的人，往往是被埋沒的天才，需要更多勇氣，也才能看見更多樣貌。

當我的領地擴及到有一張書桌的大小，我抱著期待繼續裝飾它。顏色齊一的書架與筆筒，柔和的檯燈、透明的水杯注入果汁、整齊的儲物格，還有藏著日記的加鎖抽屜，我隨時能夠化為小人藏身其中各處。無論在這樣的空間中感受到失落或是寂寥的心情，都因為專屬於我而有不同於其他時刻的重要性，使我提起筆將它記下。

初出家門腳步匆忙，只拎了一只背包和帶上電腦，那些被遺落在舊家的事物，成為心口上的硃砂痣。至今我仍常常想起那本相簿，放滿童年的身影，提醒我從何而來，提醒我也曾有一副小小人身。實則一切印象都已模糊，只能從旁人敘述來綴補，真假更無從察考。五歲前的生活一片空白，仰賴口傳。傳說三歲時外婆帶我至美容院，店員看我們祖孫以國語溝通，便用台語詢問外婆我是否也懂台語，我以台語搶話「哇ㄟ啊」。外婆至今說起都還眼露光采，孩提時的機智帶給他們多少關於未來的夢幻泡影，差點連我自己都要哄騙過去。五歲後才彷彿由獸轉人，或是由人轉獸，從前的勇氣與天真不知溢散何方，只剩如今相簿在某處積滿灰塵。

禮物包裝紙、紙籤、某年聖誕節的咖啡紙杯、舊書套、重要聚會時餐廳的名片、畢業紀念冊，我可以說出這些紙片的來由，甘願為之滯留不前，當人太輕太薄，需要靠回憶來加添自己的厚度，囤的非物而是自我。但當發現記憶日漸模糊，只有感慨萬千，心緒擁擠不堪。與時間對抗也是與自己對抗，想像中的自我無限膨脹，外在則要物品來壯膽。有朝一日，當擁有的太多，能帶走的太少，理智便能壓抑感性，做起挑揀的工作。當我在搬家前將一件件曾經珍視的物品放入垃圾桶，眼見他們含藏的光華逐漸退去，退成我不再認得的樣子，只剩一袋一袋的垃圾，「謝謝你們，對不起。」我說。於是我找遍理由搪塞自己，要空，不刻意去記卻仍然記得的，才是真正應該被記得的吧！實則是我帶不走他們了。

只要對家仍負有期望，找到一個心目中真正的住所就十分困難。咖啡機磨豆的聲音、除濕機運轉的聲音、印表機運作的轟聲，無一不是為聚集的人群吟唱。俱全的生活建立於物質，物質帶起人氣，使靜止的家中疊合各時段來往的人影，即便時間沒有交會，也能探知彼此的氣息。就像桌上的菜沒吃完仍能用紗網罩著，或早或晚總會有人在，如此便能心安，為了照顧他人，順帶好好照顧自己。

但當我像扮家家酒似的購入各式家電，卻仍然覺得不對勁，才發現，即便我能購入千百本相簿，也找不到那些失散的照片，不見的就是不見了，買不回來。購與買也只是出於一種懷舊式的抒發，這樣的抵抗真是薄弱，也真是夠了。

搬入新家接連的忙碌，好久才有這麼一個傍晚，等待菜葉隨水流動後，憑著模糊的記憶，青蔥配蝦仁、娃娃菜配秀珍菇、芹菜配豆干，炒來慢慢的吃。收不到訊號的客廳，像是一個水族箱，話語都被消除成泡沫，直到垃圾車的響聲傳來。隨著垃圾車的運轉的聲音和光線，黃昏才有了形體，等紅燈的行人、放學的孩子、騎樓停放的機車，才生動起來。我的桌底下、床底下，有巷弄街道與垃圾車，一個全然真實的世界，有菜根與蟲腐，也有土壤。車聲提醒著我，不可能過著全然隔世的生活，但我們可以隔岸觀望。

我的房子是一節車廂，穿過隧道時訊號不明，是長列車中的一節，看不見車頭與車尾，不需要軌道。小時候的童話裡，爺爺在深夜的車廂中睡著，男孩打開窗簾偷偷向外望，發現車廂正運行於銀河之中，夢境裡才有的天河，睡著的不知是爺爺或是男孩。正如我以一種夢遊的姿態在生活，蟄居臥房書寫、備課，羞赧的藏起所有該說出口的話，把空白還給世界，夢遊的亦不知是我或是他人。唯一確定的是房間猶如鋼鑄的巖窟，撐起一道自己的地平面，劃歸出平整的桌面與牆，並不如我隨時要崩塌，想到房間的這份恩情，我對於牆角堆積的灰塵，也有了涵容與寬忍。

房子空曠得讓琴弦與梁柱產生共鳴，拉起大提琴時，琴箱也在竊竊私語，像是有個女人說話的聲音，但被音樂掩蓋了，當我放下弓想傾聽，私語又停止了，鬼魅般的吞吞吐吐。當我開始運弓，這道聲音也幽幽說起一個沒人能懂的故事，說給她自己聽，為我的生活配上天語般的旁白。像是某種微弱的訊號，碰巧的契合音頻，與我的話語雙軌並行。有如夜晚半夢之間，我拿著手機收發訊息，有些訊息被遺落，直到幾日後才看見它遺落在打字欄中，仍是半成品。但有些話語早已失效，不即時的感謝或是關懷，不發出也罷，我只用刪除鍵消化這些話語的碎片，拿起弓繼續拉琴。

或有或無的投遞，漸漸使我習慣，決定一則話語的收發，還有賴運氣的配給。多數的話語其實是可有可無，人們只擷取自己想聽的片段，話出口了只是半成品，詮釋權在聽者，因而無論是正看倒看，多數人的世界是和諧的。話語也就因此更加瘐瘠維艱，甚至更多時候我想，再多的話語與文字只是徒然，只是他人砌牆砌房，挑揀用的磚瓦。

當世界開始抱怨找不到我，為讓訊號更好，我工作的地點從客廳的大餐桌，搬進有對外窗的書房，並得時時開著窗。窗外有著一棵中庭的大樹，在被四面社區包圍的回字裡飛揚它的橢圓長葉，有陽光但是風太涼。冬天在十六度中，我仍然開著窗，為了查找資料，為了訊息準確的收發，用著凍冷的手指敲打著鍵盤。偶爾對面樓的洗衣機慵懶的滾動起來，女人趿著拖鞋曬起孩子的國中制服，某處傳來嬰兒的啼哭聲，巷內的狗空吠幾聲，幾個鐘頭後都歸寂靜，只剩下遠方貨車駛過時，鐵櫃隨著路面顛簸的轟隆聲。

開啟的窗戶像是一則不得不的妥協，嘲笑我這種矛盾的抵抗。窗外的世界繽紛而熱鬧，卻不及床上的抱枕真實。商家前的掛旗，倚著公車站牌打盹的學生，漆上圖案的變電箱，似乎都只是人類為了使自己相信世界真實而提出的確據，卻難以說服我。

儘管愛麗絲進入森林之前再三覆誦，卻還是忘記自己的名字，她遇見另一頭同樣忘記名字的小鹿，用手臂親密的摟著鹿柔軟的頸子，結伴找路。走出森林，小鹿想起自己，瞬間掙脫愛麗絲的擁抱，飛箭似的逃走。窗外是森林，或許在森林之外，所有人都有新的身分，鹿知道自己是鹿，人知道自己是人，只要我們先找到森林的盡頭，那之前我只能在房間留守。

「好的」，手機傳來不知何人，不知多久前的回應，應答我某樣請託或是要求，像是大提琴內那個女人的聲音一樣遙遠。冷風浸透入書房裡，窗簾飛舞，像是鼓脹的風球，寒冷之間還有一種爽快的感覺，很明透。我拿起熱水瓶喝了一口淡咖啡，順手指去檯燈角落的貓毛，看一眼被堆疊在桌旁待讀的書。

黑夜化作胸前的墜子，收束萬家燈火，照著我將每一個「我」鑲入句子裡，說起一件件關於我的事，說起一項項我要或不要的選擇，再向遙遠的每一處傳送微弱的電波，雖然時有時無。望向窗外，這個房間正是一間在宇宙裡遊走的車廂，搖搖晃晃的駛進星辰迷霧，繞過土星的環帶，無論我倚著窗框打盹，或是清醒，總緩緩前進，只要它永不停靠，我便能飛翔。

海潮紀傳體

紅樹林的家座落在捷運線後方，出捷運站後秒數極長的紅燈等得人發愣，穿過便利商店旁看似沒有盡頭的機車停放道，接過一座棕色木板拼成的天橋，踏上那個布滿公寓的小山丘。

捷運淡水線大約是過了北投之後，越能清楚見到淡水河，如果幸運能在下午的時間回家，縱使要擠在滿是人潮的車廂裡，能夠看著橘色的夕照在河上也灑在車廂上，那是一個可以靜止的時刻，有那麼幾秒，所有人會一同寧靜望向西邊車窗，海水會告訴你一日的忙碌，將在此刻終止。

紅樹林公寓的樓層雖高，但是四周同是高樓，踮起腳尖才能從陽台望向極遠之處，看見那一縷的河道。清晨沉寂時刻的水彩靛藍色，也是如緞帶鑲在遠處像天上一樣的地方。住在紅樹林不到一年的時間，我在網路上搜尋過幾次高腳桌與高腳椅總是沒有合意的，想像能在陽台迎接夕陽，不用再多走一段路到淡水看海。

居住紅樹林時，我常在假日帶著所有工作，穿過那道蔓生水筆仔的橄欖色沼澤，那是一站捷運站的路程，走得些微冒汗，走過老街，去看那一片海。彷彿也是在那段時間，有海，有妹妹來陪我一起住，某天早晨我有一個明確的感覺，我好了。

像是一場重感冒後的第一個清晨，半個月以來塞住的鼻子終於通暢了，涼爽的空氣灌入腦中，思緒清晰，我知道自己好了起來，可以大口的呼吸，讓空氣充滿每一個肺泡。

原來我曾浸漬在那種某種黏滯的情緒中，歷時已久卻渾然不覺。離開家之後，我過著另一種與現實貌合神離的生活，像是水面上的油滴，無法與群水相容。復原期比想像長，與人說話，擺出正常樣子使我用盡氣力，但一句勸慰的話都不想聽，更不想與誰深談，不想使人發現我寧願不開口，只想一個人靜一下。

從原生家庭出走，那些像五爪一樣牢牢嵌著我整個人的，原不是瘀血或膿，只是一些對人事的迷惘或是愧疚，以及未完成的夢。我為那些夢想守了一個長喪，禁絕了所有與人交涉的欲望。如今我反覆言說，用不一樣的字句來形狀，總有一刻同樣會好，像吐掉一個無味的口香糖一樣，跨過那個坎。

一個好了的我，走進淡水海岸的星巴克，點了一杯咖啡，找一個有插座的位置，開始一日的工作。几淨的玻璃窗望去，遠方有海，壓低的房沿，加上戶外露天的座位，搭配著水泥白的半身牆，讓整間咖啡廳像是一艘輪船。連戶外區像是船上半露天的外側走廊。

我用塑膠叉子像切蛋糕一樣畫出三角形，對待具體而微的檸檬塔，白色的陽光毫不保留的從窗外灑進來，像是電影中回憶起某項不真實片段，所運用的強烈曝光。海水湧起無數迷你的小波浪，在陽光下像是八星八箭的鑽石表面，或是像演唱會台下的手機燈海，我常忘了做正事，只是盯著海。

那片海是我國小五年級，飛越的海灣。從空中看，海的顏色隨著海底的深淺變化著綠與藍，那是蠟筆和八十多色彩色筆中都沒有的顏色，當時的我不知如何形容，如今仍是。

母親帶著我與兩個妹妹到澎湖與繼父生活。那片海是憂愁的劫難，我嘗到成為轉學生的滋味。即便擁有母親的愛作為後盾，但仍要如同細雪空降一樣，來到全然不認識的土壤。聽說澎湖沒有麥當勞，沒有唱片行。行前一個月，我焦慮的從電視上，歪歪扭扭的抄下各種熱門流行樂的歌名以及歌手姓名；用了自己僅有的錢去買了十二色原子筆；記下所有朋友的電話與地址。

一種要被逐出現實的焦慮，這些魔幻的歌手與曲名或許會像是先知文明世界帶來的新消息，或是驗證密碼，這是當時小學五年級的我所能保有的舊世界地址。

到了新的小學，我常被同學們問「你去過台北嗎？台北街上真的到處都可以看到明星嗎？」即便我當時也只去過台北一次，但這樣的經驗含量已經足以吹噓。台北是同學眼中遙不可及的聖地，他們總夢想著要「出去」，買一張單程飛機票，到台北看燦爛的世界。我這位外來者曾經一度熱門，像是卡爾維諾筆下的牧羊人，帶來許多遠方的傳說。

沒有課業壓力的長暑，我常騎著腳踏車至觀光街吃一盤灑滿配料與蜜豆，擠滿煉乳的剉冰，或是到附近的廟前吃著炭火烤過，切片配著醃漬小黃瓜的糯米腸。斑駁的石牆與牆邊枯黃又張狂的雜草，正如這個城市少有一些細緻的氣息，人與物都在強風中蒼勁。想起澎湖的面容，我如今還是想到在市場那些戴著斗笠，用大紅花布包裹全臉，只露出眼睛，兜售海菜的婆婆。

隨著海潮的消長，可樂似的泡沫，繞過我們的腳踝，在幾個微風的夏天。小學的我與成群的友伴們，常至觀音亭踏浪。當時未有一年一度的花火在夏季的夜晚升天，夜晚的天際有比今日更多更亮的星星，遠處的防波堤有四季穿著連身潛水服玩風帆的外國人。藍色蘇打的海水是專屬於未成年歲月的氣泡，我們脫去鞋襪玩水，把原本只想觀望的人都帶入海潮中，所有未知的世界都像眼前那片無邊際的海洋，向我們開展。無論這段歲月如何隨著時間反白數次，仍舊會有海的輪廓。

被太陽曬黑皮膚仍然要在外晃蕩的夏天，時間在光線之中無限延伸，再怎麼浪費都不會感到慚愧，「走吧！」、「好啊！」的夏天。我們帶著零食與珍珠奶茶到西嶼海濱看著懸空的月亮，把海面照出迴繞的光影，躺在白沙上閒扯，把整片大海都看厭為止，無所事事的夏天。

淡水河出海，比澎湖張狂的大海要溫馴，安靜的成為一道藍色背景，連鹹腥的海水味都淡去。我喝了一口半涼的烏伊拉咖啡，感受山脈與雨林的味道，以及後韻微酸的柑橘果香，在手提電腦輕輕的敲出語句，代替說話，不使用任何殘忍的字眼，毀壞這個平和的下午。當陽光不這麼刺眼的時候，我走到戶外區坐坐，看著河岸旁那個馬偕划船的塑像，以及遠處翻摺出浪花的海水，如何湧起，如何被撫平。

當我要離開某處時，習慣進行漫長的告別，離開台中的前一個月，不捨整個市街中，屬於我的神祕深夜，好幾個十二點到深藏在逢甲巷弄的咖啡廳，待到它凌晨三點打烊，不停用鍵盤敲敲打打，刻意想捕捉一些轉瞬流散的溫度，這些歪歪扭扭的地址，隨便記下什麼都好。在我要遷居之前，同樣用了幾個假日，租著腳踏車環淡水河繞行，騎過竹圍，跨越紅色的關渡大橋，繞到八里的河岸，想把這條河看透。

那年的夏日是歷年最熱，我穿上全套裝備，堅持騎完整圈行程。那幾天的雲像一座堡壘，如宮崎駿電影中一樣的潔白碩大，天藍得事不關己。從八里看過去的淡水河反而有一種閒散的感覺，不為如何的流淌著，不負載任何沉重的事物。藍色的濾鏡之下，像是重現北野武的海洋。

或許都像那一年要遷居澎湖的夏天，貪婪的用記憶補償某些失落，想要一次將某些事物飽覽，進而看穿。不要忘記，不可忘記。

「為什麼你爸姓陳你姓張？」我想到背著書包在司令台前，準備上完最後一節體育課直接放學時，同學這樣問我。早在搬來澎湖之前我就改了姓，只是那次不小心被同學瞥見書包上的舊名牌。我不知如何解釋，只是默默的把名牌拿下來。而導師在得知繼父是教授之後，對我特別偏愛，漸漸的我在同學眼中成為一個神祕難探，或者說是陌生虛假的代表。

兼以澎湖的學校以五育總計成績排名，我的課業成績最高但是體育墊底，平均下來得到一個平凡的分數。唯一可以維持自尊的成績優勢也沒有了，我失去一切光環，成為班上的透明人，只有一個女生會私底下跟我說話，還好我還有這一個朋友。

六年級下學期想到要上學，腦子總是沉沉的痛，也終於明白那些在成長路途中「來路不明」的轉學生，可能都帶有很多難用三言兩語說完，說了大家也不見得想聽的故事。我唯一記得的，是在成為老師之後，把學生的報名表父親、母親欄，改成家長1與家長2。

真希望變成啞巴，放棄挑戰這個世界，示弱或者投降都可以。六年級的教室後方有一個下坡，可以眺望極遠之處有淡藍色的海水橫亙樹林，更遠方還有一些被陽光照耀成純白色的屋頂，那些景物早已超出我思緒所及的地域，我多把心力放在想像要如何到那裡去。

下坡之後應該會是一個純樸的村莊，有小孩坐在電線桿旁吃冰，柏油鋪成的路面很窄，暴雨之後兩旁溝渠的水會遮過整條路，牆面剝落的鐵皮雞舍、三合院。只要穿越那片樹林，就能到達海岸。棕色沙粒的海岸，有被曬成乳白色，輕輕一碰就瓦解的塑膠罐與枯木枝，綠色的玻璃罐碎片會扎腳，那是一片被遺忘的海灘。

許多時候我感覺海如此熟悉，早忘了自己曾在澎湖住過兩年。那被陽光與海水塞得滿滿的歲月，原來也不過兩年。

對於海的記憶，慢慢被北野武的電影取代，早期的電影如此自然不可追，沒有刻意的燈光或鏡頭的安排。蒼藍色的大海與青樣的天空，穿著紅色大學T的男主角茂，與穿著黃色針織衫的女主角，一起扛著衝浪板到海邊，過著呼吸一樣自然的生活。同是聾啞人士的他們，沒有一句旁白，茂從修補一個壞掉的衝浪板開始試著衝浪，眼神溫柔的女孩，有著現在又重新流行的空氣瀏海，在海邊靜靜的微笑為茂折疊衣服，除了微笑之外，情緒多是藏在沒有表情的面孔之下，如海一樣寧靜。

那個女孩叫怡君，那個在小學班上唯一理我的女孩。她有兩件漂亮的上衣在便服日交替著穿，那本交換日記在我們兩人的桌上輪流來去，裡面有著兩個女孩靜好的歲月，以及花再多金幣也召喚不回的時空。當我想念怡君時，只要走到她家樓下按下門鈴，她會在十分鐘內下來，我們在學校旁的街區，考慮著要用僅有的零錢買一件菜市場下水幾次就掉色不能再穿的盜版衣，還是要去那間破舊但菜色豐富的自助餐打牙祭。我總會提醒她：「健康教育老師說，吃自助餐不衛生，會得B肝。」她說：「可是健康教育老師自己都在那家自助餐吃飯。」

有一次我們真的一起看見那個眼鏡油黃的老師，瞇著眼在挑揀菜色，那家自助餐醬魯冬瓜的滋味，是誰都抵擋不了的。超市旁邊有一間小攤，一份二十元，那位媽媽年紀的女老闆，會小心的翻開白色毛巾拿出十個滾過麵粉的小糰，放入油色乾淨的油鍋，炸成十顆小小的地瓜球。旁邊有一家醫生很凶的牙醫診所，我臼齒的神經抽了一半便沒再回診。國中暗戀的訓導主任，家裡開鎖行，我曾兩次將腳踏車騎至老師家巷口，偷偷把車鎖鎖死，鑰匙丟掉，請老師幫我開鎖，這些祕密也只有怡君知道。

怡君全家人養了一隻胖老鼠，長得像是《神隱少女》裡面的那隻老鼠，她會跟我聊她可愛的老鼠，六年級的我還不知道老鼠哪裡可愛，養了兩年死了，有什麼好全家哭兩天。就像我也把生父、繼父的事情解釋給怡君聽，告訴她我對我母親的依戀，這些交換的層層心事，像是海濱隱密的鯨魚洞，只有我跟她知道入口。即便當時年紀還小，彼此都覺得對方的事情沒什麼大不了。

搬到澎湖之後，我仍然偷偷與父親聯繫，某次用市內電話撥打給他，我忘記所有想說的話如何簡化成三言兩語，那些炙熱的夏天也燒不盡的焦灼心事，像是一個永遠沖不淡的茶包，把日子浸成一杯杯苦澀又涼透的濃茶。

漫長的昨日如此冰冷，我與怡君國中繼續同班了一年，便轉學回台灣。當時為了哪些至今都想不起的理由，我與她嘔了一陣子氣，是潛意識中對她擁有幸福家庭的嫉妒嗎？我後來只與另一位同學聯絡。幾個月後，還能背得起她家電話，我打給她，她在電話裡氣憤的說：「你怎麼可以這樣？你當初來，被全班排擠，是我陪著你的耶！」我永遠記得，因為未來的生活中再也沒有人對我生過這麼大的氣，春春後期開始，所有的喜怒都像白開水，淡得不能再淡。當你成為大人，就很少有人會對你說重話了。

海潮迴轉，多年之後我帶著父親與阿姨重遊舊地。經過國小圍牆旁的舊住家，我指手畫腳，告訴父親我與妹妹那兩年的歲月如何在此地生活，急著想把兩年的路途簡化成兩張清單告訴他，絲毫沒有察覺那些父親漏接的話，其實是傷感。

許多回憶像是受潮而翻不開的書頁，偶爾在某個似曾相識的場景突然奇襲。九二一地震隔日凌晨，父親沿著當初抄下的來電顯示，打電話到澎湖的家，剛好被繼父接到，引起軒然大波。繼父發揮他的被害妄想症，認為這樣一定會為他帶來困擾。他們開始質問是誰把電話給父親的，大妹舉手替我扛下來。我也是很久之後才聽阿嬤說，當她打開櫃子，看見全家從前出遊香港的相簿放在最上層，就知道父親又拿出來翻看了。

我在紅樹林社區的閣樓找到一個更高的位置，可以看到海，我將無人經過的樓梯間擦拭乾淨，搬來兩個軟墊與床用折疊桌，坐在地板，背脊倚著牆，忍受著水泥牆透過衣物傳來的冰涼溫度，滿足的打了一個下午的字，不時抬頭看看那片海。從沾染灰塵的玻璃望去，它看起來像是最終吞噬茂的那片靜海。青春與純愛需要盡頭，盡頭是夏天。而我所要的不多，只是想擁有一個眺望大海的角度。

後來我終於背不出怡君家的電話，幾次Google怡君的名字，但她是如此機靈的隱身在這個大眾化的名字之後，讓我再也找不到她。

許多人事早已消逝在人潮深處，下一個浪再打來，這些事又離我更遠了。

寫給大人的迪士尼攻略

偶爾瞥見坐在口袋裡傻愣微笑的米奇，往往也興起一種如此生活還不錯的念頭。為了搭配黑背包，終於找到這只二〇一六年萬聖節限定的吸血鬼造型米奇，灰色披風、黑色短褲、白色尖牙，爾後他便以一種淘氣邪惡的姿態，坐鎮背包的小口袋中。

在鮮豔的童話世界與已剩黑白灰的日常服飾取得和諧，就像要平衡生活中的種種相違，如現實職業與寫作，對彼此往往也是互不見面，雖然各是一部分的我。

在朋友之中我是奇怪的，那些如今已稀少聯絡的高中或國中同學眼中，我極早便依著自己想要的樣態過，幾乎不顧課業，只看文學書，寫與讀，嚴重的國文偏科，盡情的生病，只走自己的路，還不要其他人擔心。

而出社會後的朋友，出自於不探人隱私的禮貌，坦然接受我與世界的格格不入，鎮日在家做著神神祕祕的事，把家裡弄得很空，而且幾乎不社交。與新友總是嚷著要約吃飯，但出自對人群的陌生感，卻很難真的訂下餐廳，化妝赴約。

屬於我的社交設定一直像頭羊一樣僵昏在草地，遲遲未醒。

如果這些人際交往是一種隱喻，那一定也不著痕跡的將我推向一個人的生活的。我為自己煮飯，沖洗一人份的蔬菜，準備一副碗盤，帶著一張卡片去坐車，也為自己收拾背包出去旅行。

去年我給自己一段假期去樂園走走，站在灰姑娘的城堡前，盤算著今日要吃下的甜點總量，依照園區地圖平均分配，抬起頭任微風吹過，像是動畫裡的停格。我蹲下身、按下快門，避開拍照人潮，也收攝整座城堡，並對著對到眼，戴上動物耳朵或穿戴公主行頭的遊客頷首。只因不想辛苦的戴假髮，所以選擇了與黑短髮相配的白雪公主，加上網購而來的童話禮服，在聖誕節開放自由裝扮的時段入園。

Cosplay，裝扮入園，裝扮上路。美女與野獸裡的時鐘與燭台，貓兒歷險記那隻綁著大蝴蝶結的小白貓化為人型。一群扮一〇一忠狗的正妹由庫依拉領著，三位銀髮奶奶扮睡美人裡的三位仙女教母。還有父母帶著兩個孩子，四個人裝成愛麗絲夢遊仙境的牡蠣寶寶、微笑貓與指路的雙胞胎。

我們穿上華服跳進現實與童話的裂縫裡，這裡有我們所需的一切，直到閉園鈴聲響起，這些笑聲將搭配著手搖風琴或是鑼鈸，直到現實世界中所有假笑的夜晚，覆蓋過格子辦公室喀嚓的打字聲，或是一個人入眠的時候。提醒你曾經也有這個永遠的一天。

我學著把這一天過成永遠，把日常無謂的永遠過成重複的一天。

布棚轉眼閃爍成星辰，照亮每一只米奇銅雕塑像，投影燈光畫過一道灑落的魔法藥粉，在建築物外端映上倫敦塔橋，有那麼一秒或兩秒，可以回到你還相信魔法的時代，相信自己失落的純真跟遺失的孩童一起在夢不落島生活，你相信那張藏寶圖，相信經過人魚石礁要塞住耳朵，相信鱷魚肚子裡有個滴答鐘。你相信所有的孩子都會長大，除了彼得潘，刻意忘記在新聞上看過真人電影中飾演彼得潘的孩子，在拍攝期間長高八吋而屢屢修改戲服與海盜船窗口的高度。

童話成為你的神話，混和石灰、紅土與顏料，一筆一畫的抹寫在你的心版上。

我找到筆記本裡二十七歲時還有過一個不醒的夢，那年的十二月八日忘記何故，在手機備忘錄裡記下「發現人生志向應該是迪士尼編劇，或園區商品設計師」，其實我更想成為其中的舞者，哪怕只是揮舞著彩帶沒坐上花車，在後頭跳跑著，早午晚各一次的領著遊行，繞著園區的固定路徑。但連記下都心虛，尤其當我知道裝扮成公主的演員不超過二十五歲，就更加心虛了。

樂園中有一種人工香氣，人工維繫的乾淨街道，人工樓面造景。我喜愛人工香料更勝提煉而出的茶香，喜歡素肉素雞丁勝過從動物身上割下來的肉製品，人工是一種人文。此刻，整點的美國大街碰的一聲，像是大聲的擊掌，懸掛橫幅的透明玻璃屋頂下，銀色的彩帶漫天飄飛。所有遊客會仰頭迎接猶如二戰戰勝，經典擁吻的時刻，各國而來的幼稚人營造的巨大同溫層，用念力營造出童年的海市蜃樓。那樣的笑容像是你初次學畫，畫出的大大U型微笑，沒有任何困難可以擊敗的微笑。

其實我早就不相信童話，但童話不是用來相信，而是用來遠望。我們喜歡看著自己永遠到不了的地方，不做任何感想，因為那只是抬起頭，便剛好與你目光交接的位置，像月亮。一九三七年繪製的白雪公主動畫，美國第一部長篇動畫，六百位員工與二十萬張原稿繪，有著如今電腦繪圖看來有點傻氣的手繪線條，帶著遠古以來的訊息，如同聖經創世紀用先民能理解的語言，將意念變成魔幻電影，成為意味深遠的人生暗示。

你也是三十歲發覺膠原蛋白從臉上逐漸消失，才明白壞皇后住在每個女人心裡，女人為美貌的明爭暗鬥不會止休，不只恐懼青春不在，更恐懼後繼有人。就像八〇一代後攻陷七〇後，再與七〇後一起提防九〇後。直到一起被〇〇後打趴，變成公主們口中的老巫婆。

說的都是成人世界的事，你疑惑童話般炙烈的愛與恨是否真的存在，二十歲之後說出來的謊言比實話多，但像是房間裡的大象被視而不見，有時藏在蓬裙的裙撐裡，禮服盛大而華麗，屏蔽探詢的視線。唯唯諾諾的是的好的其實都不是也不好，公主情結會害死你，你多希望拒絕乖順，逃出原先的角色設定，即使那樣會被討厭，即使不能成為主角也沒關係。

不能去恨只能去愛，溫良令人生厭，常常也要 Cosplay 成好人，磨平尖牙、削去利爪或藏起尾巴。海洋園區的遊行反派角色張狂亂舞，冥帝凱帝斯以陰間藍火豢養痛苦與慌張；虎克船長的利鉤是對金銀財寶的欲望；黑魔女梅瑟芬在被奪去羽翼之後徹底黑化，他們都在說「去你的真愛之吻」、「去你的幸福結局」，他們都是你。

純粹的恨與純粹的愛一樣懷舊復古，復古是一種憑弔，憑弔只有傷感。深藏的恨與欲望在現實中只有埋在夢境底層，在你意識衰弱時被喚醒，伸出一隻枯槁的手邀你吃下蘋果。而且是一整顆浸過巧克力與糖霜的蘋果，不是減肥時當三餐吃的蘋果。「我是白雪公主」，只有整天吃蘋果，不沾澱粉而且二十五歲以前的女人才有資格說出這句話。

走出十來歲，看到的是更多接近真實的童話，線條發光而且八方陣圖騰空浮起的修羅場。你常在報紙上看到虎克船長真的逮到彼得潘，用銀鉤刮爆他的頭；看到白鹿原的田小娥是餓死的睡美人；看到小比目魚與夥伴們躺在冷凍櫃。我們創造了童話，也改寫了童話。最後選擇掛回天際瞻仰。

我們來到樂園，像是兩軍休兵的平安夜，一年一度。

遊行隊伍迎來，米奇與高飛乘坐著白色的飛馬領頭，精緻而且顏色飽和的花車，那麼美，那麼溫柔。單眼皮的日本男孩穿著戲服，從頭到尾都真心而且用力的微笑，甩動著三色長旗。公主站在金黃色的舞台上，你失竊的童年美不過她們髮上的裝飾。

瓶子裡的愛麗絲揣摩動畫主角的神態，紅心皇后、紙牌衛兵都是真的，跳跳虎騎著蜂蜜罐吹泡泡，四處泡沫飛揚。這些童年與你相依的友伴在此齊聚，久別重逢，時光裡的同學會。你說沒想過能再見到你們，原來你們一直好好的在這兒。

你以為只有自己激動又感傷，但回頭看著那些分食爆米花的年輕情侶，以及肩頭架著孩子的父母們，雙眼同樣噙滿淚光。

這種事情我下次一定不做，當我穿著公主服在園區排了一小時的隊伍，只為了跟米奇拍照時，心頭不斷叨念。但是睡了一覺再來，隔天仍舊繼續站在隊伍裡繼續長待，年近百歲的米奇是真正的不老男神。我永遠不知道穿著玩偶裝裡的男孩或女孩是誰，但這隻玩偶卻無比真實，他嘴角上揚的高度，套著白手套的大手掌，如同看著虛幻的小說，卻能夠得到比真實人生更真實的東西那樣。真實從來就不是眼目所及，而是真心所感。

中午在威尼斯人餐廳吃著午餐，店員看見我帶著生日貼紙，為我在蛋糕上插一支蠟燭，戶外座位望去四周是磚紅或油黃的義大利建築，遠處有金色屋頂與圖騰磁磚的阿拉伯城堡，再往前走有整座粉藍粉紅美人魚礁石，拿著魔棒說什麼便變出什麼來的園區。

我不願像第一次來的時候那樣奔忙，此次入園三天，為自己設定所有園內的預約餐廳。趕赴餐廳赴自己的約，排得上隊伍就玩設施，排不上就晃蕩，看看廣闊的地中海場景，環面河域的土色丘陵，還有中古世紀的歐洲城堡造景，我拿著地圖問路找路，或是在賣店摸摸達菲熊軟軟的手臂。

你不是不知道這是悉心安排才能有的場景，也不是不知道時光久遠之後，眼前的梁柱也會轉眼傾頹。搭著淡水線經過圓山那座芒草中的舊兒童樂園，鐵蝕的粉紅色摩天輪車廂嘎嘎晃晃，雙層旋轉木馬被樹根纏繞，韁繩開出花來，像是核爆後的寧靜之地。你的迪士尼或許有一天也會這樣衰老，晃蕩著鬼氣。也許未來的未來有一天，你會牽著某個小孩的手，重遊這座精靈撤守的失樂園。梁柱傾頹，蔓草荒煙，你是唯一記得它曾經繁華的人。

一個人的旅行，一個人拿著托盤，一個人吃下單人份蔬菜，一個人對著跟你說「Snow White, Happy Birthday」的店員微笑，因而沒有人阻攔我別吃零食，或別往購物籃裡塞入這麼多物品。迎接人生中的太平盛世，雖然沒能像米奇那樣成為人見人愛的人，但要成為使自己喜歡的人，無論世界是否會為你收起所有危險的紡錘，你還是持續掏出口袋裡的籌碼繼續賭下去。

現實的公主早已失去城堡，也走出高塔，公主被王子拯救的段子，在《無敵破壞王2》被迪士尼拿來自嘲。但每個女孩心中仍在作著公主夢，動畫中的公主令女孩的美感細胞躍動。幼稚園的女同學長髮微捲，有著大眼睛，睡午覺時還會交疊著雙手，是白雪公主在玻璃棺木中沉睡的姿勢，令我自慚形穢，怎麼忘記睡覺的時候也可以很公主。蓬蓬裙、舞會、馬車都是新世界的字彙，女孩們爭相學會，好在生日時許願。

人們攜手向道旁聚集，這裡像是羊皮書卷中與世無爭的小村莊，門票好貴，確實要外頭打殺掙錢，才能來過過幾天不用再爭奪的日子。跟上了，隊伍來了，果陀來了，他們說。儀隊先行，袖扣與花紋都發出燈光，整齊一致的儀隊，穿著溜冰鞋踢跳的步伐，那個拔出石中劍的男孩坐在溫馴的恐龍手上，恐龍開心時，胸前的條紋會閃起不同顏色的光亮。神燈精靈從藍色變成虎斑再變出夏威夷花襯衫，送你三個願望。我們用盡一切心力想像自己與世界最美好的模樣，再花一輩子去跨越這些夢想與現實的鴻溝，在你已經不再相信夢想時，你看見最璀璨的夜間花車遊行，至少今晚，至少這一秒你可以再相信一次。

那不知是第幾次你夢到重遊樂園，每次都要從舞濱站下車，從天橋上的大道開始走起，連夢裡都會走，你熟門熟路到可以寫一篇迪士尼攻略，卻寫不出大人世界攻略，你就這樣被世界擊潰，然後在樂園復活。在夢裡你知道園區夜晚點亮每一顆燈泡，燈泡隨著枝枒而彎曲，大樹像是一把火炬，十月的日本在傍晚後氣溫下降，成群的女高中生穿著百褶裙與男孩笑笑鬧鬧，買了夜光票來追最後一場城堡煙火。他們用投影燈在灰姑娘城堡投射經典動畫場景，搭配著煙火與節奏，這招太賤了，他們想逼哭你。

但你不會哭的我知道，因為你歷經千山萬水，好不容易走到一個沒有眼淚的地方。

嘉年華

電梯關門、電梯下沉，每當這個時候，我想像自己從盆地的高處往下掉，穿越盆地的植被，穿越紅樹林的泥巴，穿越捷運下挖的三層地宮，到盆地的最低點。

向下，我一層一層褪去家居生活充滿奇想、蠻荒的膚色。

門口的警衛向我說早安，我腦袋空白的在口罩裡向他微笑，軟身成一灘水，與其他各式各貌的盆地邊緣之人，由高往低的向市中心匯流，在報站之前從手機裡抬起頭，走向閘門口，繼續流向人人視為正途的河道。

城市醒著的時段不多，龍鱗閃爍的淡水河出現在藍色的空氣裡，那是過年六點趕車返鄉的一次。而大概十一點開始，一層玻璃紙似的白色光線就開始包裹遠景，河神打算再睡，不管那景色在我眼中像一塊怪味糖，「你看，淡水河不動了，而且是灰白色的，像一塊水泥」，與熟人同行，我總不忘炫耀這比喻。

自然課學到水由固態、液態、氣態三階段的循環，我還記得。湖池拍向河沿的浪花，在有生之年將以何種面貌再與我相逢？浪花默不作聲的化作手搖飲中的一塊冰，飲酌之間地球上的水不曾少過也不曾多。

水流遠行的過程中，我溶入摩肩接踵的步履間，在別人身上認出自己的影子，相似的衣鞋與無神的瞳孔，幾乎成為泡水模糊的背景。

我不知這列前進的水源，與水泥似的淡水河是否同源同支，淡水河陪我走了一段，放著遠去的列車躓撲在地，回歸固體。

只因抗拒市區窩居，晃至淡水無心的問價，用便宜的價格租入不曾想像過的寬敞的住居，這大概是我目前為止唯一賭贏的一局，儘管隨之而來的是漫長的通勤，儘管冰涼的大理石地總要冰凍我不愛穿鞋的腳掌。

捷運中的液態時光，與窗外的速度相反，空出來的幾十分鐘，大家無奈消磨。有位的打盹，無位的發呆，順流即可，我就這樣被載著浮著，偶在轉彎處須留心保持身心平衡。

雖然身心平衡是一件困難的事，尤其是在與人交會的場合。

盆地核心之中，七人出資的文教公司，其中一間教室索性直接將桌椅排列成圓形，不再更動，作為一週一次股東會使用。

「如果你教得夠好的話，學生自然會介紹他的朋友來，對吧？」陳先生說話。公司以設置一間信義區的高級文教機構為宗旨，效法街頭傳說的神祕甜點店，埋藏在半遮半掩的樹蔭巷弄裡，只待有心尋訪的打卡客。

我很想說補習不是買一塊蛋糕這麼簡單，但公司創設兩個月以來輪番而至的股東會議使我暈頭轉向，我用微笑代替點頭，分心想著一個小時後學生要來上課，我不是在關心課程，而是坐在這裡。

「我們這個不應該叫股東會，股東會通常是每年開一次，我們應該叫什麼好？」陳先生發言恢復原有的水準，跟他上次在會議上談他去瑞士玩，還有上上次聊股票一樣正經。

其實可以叫嘉年華會，我本來想講，卻又怕他們心裡嫌我不正經。

「我插播一下，根據公司法規，支出金額應該實報實銷。」說話的是掌管財政的林媽，林媽開了間連鎖五金行在隔壁，帶著會計小姐與會計系統協助公司經營。

林媽熬夜剪貼了一本公司法規冊，分條分點的把我們公司的規章草創起來，複雜的法規整理或許已經牽涉到智權的範圍，因此法規冊只有林媽有。太複雜的話她聽不懂，當她聽不懂時，便會拿出公司法規開始宣讀定心。

「問一下，目前公司每個月基本開銷是多少？」小五郎律師問了一個與公司法規無涉的問題，渾厚的喉音切斷林媽的咒語結界。

大家對小五郎律師的認識不深，一是出自對律師與生俱來的恐懼，二來因為他的話語節奏之快，人們見上他就想起自己上次答話的狼狽相，便更加閃避他了。部分人對他的了解僅有幾杯黃湯下肚就抱著雙臂，低著頭作沉思樣貌，睡了，「啊哈，沉睡的毛利小五郎」，大部分人這時才敢取笑他，一雪前恥。

林媽推了一下眼鏡，小心的回答：「房租要十萬，加上薪水十萬，一個月在他們身上要花至少二十萬。」

「怎麼連房租也算我們頭上啊？」會議結束之後，林媽口中的「他們」，也就是我與兩位同事，坐在停車場的圍牆邊放空。許多重要的事務我們習慣不在公司領土中談論，在公司未動工之前，林媽改了近十次的設計圖，但每張圖上都有監視器的位置，透過手機可以清楚掌握公司的所有動態，「為了安全，你們下班之後，我可以透過這個系統看看有沒有壞人進來哩」，說著，她再花了幾萬架設了保全系統。

雨水扣打在堅固的水泥地上，無人回應，只有溜溜空轉，滑倒幾個行人，與泥土無緣。幸運的雨水往下滲透各樣岩層的節理與孔隙，水流一層一層的看過、摸透，沉潛至最底。整個城市被水圍繞不如說是被水托著，像手掌盛著一塊土壤。

水大概是最客觀的旁觀者，當我凝視著它，它也注視著我，當我看不見它時，它也正在地底聽著這一切，驢耳朵國王的地洞下，聽了多少祕密。

比嘉年華會議分貝還高的是裝修聲。初期裝潢的人員進進出出，我只有抱著電腦走向與公司相背對的可麗餅店工作，「你們店面做過許多生意，做電腦啊、設計的，補教業倒是第一次。」老闆意味深長的笑著，並不正眼瞧我，我能想像他對下一屆店主說：「你們那店面做過許多生意，做電腦啊、設計的，還有做過補教的。」

公司的前身是一家設計工作室，我不是從可麗餅老闆口中知道的。是一次，一位穿著拿鐵色西裝的老先生，對著店門梳順灰白的頭髮，像要掩飾會面時的緊張，他提起禮盒，深吸一口氣，按了門鈴。他不知玻璃窗後的我，早將他每個動作細節都看在眼裡。

「抱歉這裡沒有您要找的人，我們是新開的店家。」老人臉上略顯失望，送走他後，我看著他將這條街從頭至尾兜了一圈，搔著頭離開。

「來孵夢吧！我們做點什麼。」同事A搶去我的手機，幫我下載跟他一樣的遊戲程式，享受被戰國美男圍繞的感覺。互動App不管歷史中明智光秀其實是光頭，而且武田信玄這一票人，可能矮我一個頭，各個在螢幕裡都是髮絲翩翩，高大英挺的韓星模樣。

對大河劇如數家珍的同事B而言，我們這種行為對於武士無疑是種褻瀆，因此我不敢告訴他歷史事實是我在本能寺之變救走織田信長，並與他拋棄武林，浪跡天涯。

所有人都在這個小公司裡孵夢，這是一場嘉年華會沒有錯。

陳先生退休之後的清閒日子除了買股票，還多了巡店與語重心長。林媽有第二戰場，取代五金商場這樣的夕陽產業。我則以有間店在信義區得到幾個月的虛榮，還有可以學電視上的小資女孩，在貼滿便利貼的辦公桌前抱著A4影印紙蹬蹬兩聲理齊，用著熱血精神說聲「唷西」。小五郎律師算是開啟跨足商界的第一步吧。

而我們只是這市景變更的一小角，店鋪替換之間拆了幾座門板、隔了幾道牆，讓惦著舊景的老先生恍惚如夢。

戶外不遠處即有一處垃圾場，沒有子母車，只有幾個簍子與廚餘回收桶。在會議大樓與老眷村的交接處的花圃圍牆旁，逃出中央的管轄範圍，不使用藍色的收費垃圾袋，隨興的垃圾袋花色，居民各自錯開丟垃圾的時間，不用邊追垃圾車還要顧及與鄰家媽媽競豔。

開店第二個月，當我們被居民視為自己人，才知此處。牙醫助理下班前撐著傘來丟棄裝有塑膠手套與碘酒的醫療垃圾。便利商店的店員用著半身高的厚垃圾袋，裝著咖啡紙杯與微波食品的殘骸。成疊的紙箱整齊排放，這是牆後的鐵皮屋人家與居民的默契約定，他們收回收，也一面將垃圾集中運走。這像是一塊小小的迦南地，成為當地人的祕密，也比所有店鋪都命長。

營業第二個月，公司收入的分配與業務的構想仍然沒有定論，招牌也未掛上。齊先生難得出現，並且開了口，說明店鋪要運轉起來需要極為精密的規畫，我反覆呈上了幾次的業務計畫，都是順了公意又逆了嫂意。「做成計畫提出來吧」或「計畫改完再提出來」代替了表決，成為會議的尾聲。

公司既要檢討營收卻不願出資廣告與採買相關器材的資金，我與同事開始墊錢請廣告公司設計、印刷單張發送，也先做三只旗幟在店門擺著暫代招牌。

進入台北盆地的中心點，人潮如水的匯聚處，有一種淹溺的緊張感，像是潛入水中，心跳落了一拍，興奮與緊張原是一起到來的。

下午齊先生又帶一群軟體開發業務至公司報告，談論著兩家公司未來合作的商機，獲利數字透過倍數加乘，驚人的數字讓人憋緊喉頭。我在那位年輕業務眼中，看見我從前也有過的興奮神情，會議以年輕業務承諾無償協助齊先生經營的協會收尾。

從前從前，三位士兵在樹林裡迷路，乞食無果，動了腦筋搬來一只大鍋，向村人先要了三顆石頭來煮湯。

「石頭湯可是最美味的唷！不管什麼湯都應該要加點鹽。」村人傻傻的交上，再交上胡蘿蔔、馬鈴薯、上等的肉，只要村人們忖度著石頭湯的美味，士兵便得以攪拌著湯鍋。湯煮成後，傻村人連聲讚好，剛開始連石頭都沒有的士兵，不僅吃撐了，還成了家家戶戶的座上賓。

到底都是忖度自己的能耐也忖度他人手中的底牌。公司成了齊先生口袋裡的石頭，日復一日煮著石頭湯。齊先生孵著什麼夢呢？

碗型的盆地其實很像玩十八豆仔的大碗公，人人盼著放手一搏，出汗的掌心捏緊骰子，口中念念有詞的用力一丟。可能賭上的是時間或者身家，玩不起的人，無論多麼無心，都不該踏入這場戰局。我也不知死活的玩了一局，自是不能用涉世未深開脫。

公司開業三個月後，林媽交出財務報表，說明財政吃緊，公司數百萬的資本額連房租預付、押金，加上裝潢已去了三分之二。

林媽念起公司法為公司超渡。

陳先生語重心長的要我與同事共體時艱，小五郎律師提議員工不領底薪，照收入抽成，且數字再議。

「你也是公司的股東，我在維護我的權益，也是在維護你的權益。」小五郎律師的話令我無從辯駁。

我收起了許多真正想說的話，環視股東們說「我非常敬重各位」，林媽與齊先生抿著嘴，面色凝重的點點頭，「但許多時候適合做朋友的人，不見得適合一起做生意」，他們轉以不可思議的眼神看著我，像是看著一個親手掐死孩子的母親。

回家路很遠，我在捷運上睡了又醒，車過竹圍映入幾間大型的建築物，馬偕醫院、賓士車經銷商、家具門市、房屋仲介，建築物並排的站著，諭示一種生老病死的循環，由店家步向店家只要幾步的距離，在生活中卻要走上好幾年。

隔岸的淡水河肅穆的靜坐著，像是要與觀音山齊度人間苦難。

幾個月後我與同事相約回公司拿信，順道辦離職手續，我問他，這些店家一間接著一間開關，那些丟進來的幾千萬、幾百萬的錢都到哪裡去了呢？

「我也不知道，可能都給裝潢的賺走了吧！」他說完凝重的吸了一口菸，我則是哈哈大笑。

我們相約到對街新開的冰店吃冰，刻意繞過背面那間可麗餅店。

——原載《幼獅文藝》第七八五期

三點水

當你開始將每件事情都標上年分，或是編上數字，是因為你走得夠遠了，遠到足夠將人生的網目拉開，任流金穿過縫隙，留下碎石礫，但那都是你的。留下的或流走的，都是。

1. 澡堂

撐著傘站在澡堂外，我想到《情書》的女主角張開眼睛，鏡頭往後拉，她躺在白色雪地，那種斷片式的場景轉換，靜得沒有一絲雜音，像是在某個時刻突然醒來，發覺從前都是夢，我這樣醒在一個淺草的深夜。雨打在透明的傘上，未見傘膜似的接連撲來，細密的飄飛，這是二〇一八年。

我從附近的旅館洗了澡過來，在更衣室卸下隱形眼鏡，讓黑色的衣料像融雪一樣退至腳踝。項鍊解下，把頭髮紮起，走入充滿白霧的澡堂。窗外下著霧雨，水帶著草香，磁磚與牆上半壁的富士山是一種釉彩透明的藍色，山頂是終年的白色。女人們帶著頸上的汗滴，自若的沖洗或是靜坐水中，像是一座一座的塑像。雪國的女人們有著白雪般的肌膚，頸項掉落的髮絲、妊娠紋與大腿的線條，一點，或很多點小腹，恥毛或胎記，在歲月裡耽擱的身姿，此刻無須被封緘布料之後，在熱水裡不再執著美醜，也不再比較，雲淡風輕。

她們坐著，水氣上升，軀幹放鬆在水間舒展，水滴繞畫關節轉折，潑灑又潑灑，靈魂像是一顆氣球飛起來掛在上方。當手指在無意識間撫過頸項，發現自己最喜歡的觸撫方式，這樣的觸撫無需等待他人之手，需要的是擁抱自己，而不是渴盼他人的胸懷。

澡堂的女人有動物相，垂頸的天鵝，橫掛的蛇，舔毛的貓，赤裸的身體像是一封封寫給歲月的信紙，細微的折縫都被細細的攤開，被暖流滑過，身後的飛絮此刻浸在水中，各自輕輕撈起。每個人都在讀自己，讀自己的身體，讀出與身體有關的記憶。多的是想事情想得出神的女子。眾多細小的疤痕，在溫水之中透紅，開啟諸多新的話頭，讓這些對話無盡。

當溫水蔓延至胸口，我想起自己的第一件胸罩。售貨小姐將我帶到光絲布簾圍起的更衣間，以冰涼的布尺俐落環繞我的胸骨，給了我一個數字，並帶我到櫃位前，挑選一個適合的器皿，盛裝這副新的身體。我在青春期得到淡黃色的鋼圈內衣，胸口綴著一朵小小的蝴蝶結。售貨小姐在我來不及拒絕之前，便俐落的將胸口兩側多出來的肉撥入胸罩中，尷尬的我連鏡子裡自己的樣子都來不及看清楚，便匆匆走出更衣間。以此之後的每晚，回到家扭開三環扣子換上家居服，才能感受到童年大口呼吸的飽滿。後來我才知道那是脂肪，其實與身體其他處的贅肉一樣，切開來都是澇濁的黃色，閃著油光，手術中沾上脂肪的手術刀要用肥皂洗才洗得掉，像是麵包刮刀上的果醬。

某件禮服的胸口開得較低，在項鍊墜飾的下方有一道隱隱約約的胸線，即使只是一道淺淺的陰影，卻因而感到他人目光的下移，令人羞赧。國中近乎透明的白色制服，總能透出女生內裡的胸衣，令人羞赧。

水池裡黑髮、白髮的日本女人，都帶著各自的身體與胸部，長串的歲月都是透過這副身體重複翻印，而今我們在這裡，最具體的時刻。

我浸在水中，任溫水包覆自己，包含胸部包含在表參道晃了整日痠麻的小腿，不帶任何色彩的流動，除了泉湧聲，只剩下靜靜的呼吸。這些女人無聲的提醒我，你要清晰，不要混濁。就算不喜歡，但也不可過度討厭自己的身體。

2. 澡缸

我需要自己的一汪水池，注滿溫泉。像是一枚渴待雨季的花瓣，想要漂流到很遠的地方，讓指尖因為飽脹水分而起皺摺，讓髮絲在水中像湖裡的水綿張合，讓人魚的尾巴重新長出來，在水底我搧動鰓與鰭。

從家裡搬出來之後，我就失去了浴缸，只有花灑俐落洗身，纏繞輪廓與皮膚，在室內還沒飽脹蒸氣之前，水流已咕嚕一聲流進排水孔，太過匆忙的退回人身，逃出所有遠古的記憶。

太久之後你便會完全忘記，自己曾經活在水裡，如今的風景是你前生的倒影。比茹毛飲血更早以前，你曾有過鮮紅的鰓與明澈的眼，岸上有朦朧的聲音傳來，由水底仰視，光影流動，水波競逐水波，你猜想那裡的人用腳行走。每一波水流的拍動都是時計，提醒你掙扎無用的時計，因為青春是瀰天蓋地的霧，一次覆蓋所有，也一次帶走所有。因為青春走了，你知道不可像童稚時把整張臉埋進溫水裡，那會使得毛孔粗大；頭髮也不可泡在水中，因為染劑會退色。熱水流過，皮膚飄起細小的氣泡，你輕哼起歌搭配浴室的共鳴。

母親說當她覺得悲傷，便會泡在澡盆中流淚，讓淚水汗水痛快的流洩，如此一場便會好了。某次下課，我倉皇的跑到辦公室裡面，告訴當教官的父親，我的經血沾到衣褲，他帶著我請假兩節課，回家母親已經為我放好一桶熱水，疲憊而且經痛無力的我，在熱水間終於伸直身體。多少次，在被世界壓得無力負荷時，我也是撐著身體為自己放一桶熱水，用最後的力氣褪去衣衫，把自己擲入水中，讓汗水奔落，再鑽進被子悶頭大睡。

穿越了幾年空白的時光，某次在打工的補習班胃痛如絞，我騎著機車一路停停走走，在路邊的水溝蓋吐上一次，騎到路旁診所咬著牙打了針，再搖搖晃晃的騎車回去繼續上班。如果可以泡個熱水澡，我一定可以好起來。那幾年間陸續的生病，白日拖得老長，夜晚反而都給了睡眠，大概是沒有澡缸的關係。

這幾年覺得不順，一定是沒有澡缸的關係。生活因而少了一個停損點，讓我不知何時該收手，何時該休憩，從靈魂悄悄告訴骨頭，骨頭透露給肌肉說好累呀！但沒有水我幫不上忙，水中有被遺落的神話，而那最好是一汪池水，從腳尖、小腿肚、大腿直到肚腹，緩緩的到腳踝，溫暖的擁抱，擦亮身上每一片魚鱗，你感覺你擁有力量，說出的話混雜著濕氣更有穿透力與說服力，一缸水，一缸水帶去所有不該執著的廢物，還有致使手腳冰涼的寒氣。

生活沒有夢幻泡影，因為此刻你把自己浸在夢幻泡影裡。

3. 雨落

老闆娘說我來的不是時候，今天陰天沒有夕陽，昨天多美。她拿出手機裡的照片給我看，橙色的整片天，太陽也像浸滿糖水，加入螢光劑的橘子，氣象開朗。山間舊房舍的屋簷陰影下彷彿許多人站著等著，或只是某些被棄置的回憶殘影，一台因雨而熄火的機車嘗試著點亮火星，雨就在這時候飄起來。

幾年前在早晨課程結束，至下午上班前還有一段時間，我常會穿過一個即將收攤的菜市場，我在日記上寫著：

稀落的木板架或倒置的藍綠置物籃上，落選的水果像破曉的星辰稀落，葉脈即將乾涸的白菜，對切置放著光澤欲退的絲瓜，水果外皮上有著水分蒸發過的痕跡，等待著重新被沖洗表面的泥沙，被泡進水槽中重新吸飽水分，讓透明的、澄淨的水，重新灌入一間一間的細胞壁。我總覺得自己像這些待洗的蔬菜，在等待什麼，而且等待太久了，或許要直等到寫作像一場大雨降下，讓我乾燥的心思重新舒展、飄動。

那時我好幾年沒再動筆，偶有那樣的靈光一閃，更些時日連日記也不寫了。低頭生活而氣悶，雖然上下階梯，卻像是在原地，以為要這樣踏步到永久，或許我一直都記錯了，當時的我需要的是一場傾覆。無差別而滅絕一切，再待生萬物的大雨，只有那樣的水才能讓諾亞的方舟浮起。當然那場雨終究沒有消息，這種自囚式的生活很長。像是初民等待上帝，那麼長的時間。

小學的畢業典禮後，胸前還別著畢業禮花的我們，列隊出校門時，雨像是喧鬧的助陣儀式，溫熱而令人眷戀，不怕濕髮而且旁若無人的喧鬧與歡愉，詔告天下似的走了長長一條街，眼鏡上都是雨珠，不知什麼是美，因此也不害怕醜，世界的版面可以隨意直排橫排，可以嘗試靠近邊界。那樣的雨難得，那樣的時光更是不可得。

少有討人喜歡的雨。北部的雨水總是拉低烏雲，整個天往往是將要下雨的樣子，冬季若是看見太陽，我會微笑。

若正處迷茫的時候，一場大雨似乎可以崩解所有的防衛，領沿被打濕的髮梢，打消我所有志氣與偉大的計畫，喚醒不安全感，想起這一切都只是過站，想起長久以來各種不同的家。某天，我聽見母親告訴我，我們將要跟繼父一起生活。冒著雨跑出門，在電話亭投下僅有的硬幣，想打給當時的友伴訴苦，卻錯撥成母親手機號碼。如今我再也不會撥錯電話，循著手機通訊錄打給所有該聯繫的人，卻再也記不住任何號碼。

雨讓我只想躲在家裡，點起燈，再狂暴的風雨我都可以安眠。彷彿是鑲嵌在細胞中的原始意識，大雨象徵大難將至，平原陷落，荒野成澤。我難以逃離許多抽象的風雨，但至少可以在下雨的時候回到安全的地方。所以我走向櫃台買單，撐起傘走回下榻的旅館提早入睡，想著明早若是再下雨，就要結束行程提早回家。

「先回家來，有什麼事回家再說。」小時候那通打錯的電話裡，母親這樣說著。

——原載於二〇一九年三月二十一日《聯合報》副刊

輯四　四張色票

名為我之物

當我從洗手台下拿起那柔軟的袋子，我想起自己曾拿出刀片沿著袋緣輕劃，剖魚清腹似的掏出臟腑，或是幾本書，或是整包給貓咪追逐用的羽毛小鼠，或是鋪棉睡褲、無痕船型襪。購物作為焦慮的緩解，三日內送達掌中的解憂之劑，無論是對於知識的焦慮，或是飲酌日用的空乏，在下單當下都被想像為填補某塊缺口，這外包裝像是一只寫有姓名的藥袋。

藥未吃完病已痊癒，或病未痊癒藥已吃膩，翻至一半又移情別戀之書；包裹上貼著「小心輕放」標籤，精緻又捨不得用的茶具；跟風亂買的零食，各自躺在櫃底，像是藥袋字跡已磨滅，年代難考的藥品，丟也不是，只得擱著。

物件到達的信號，習慣在早晨傳來，領回貨品之前，我像個把孩子忘在幼稚園的母親，隱隱然覺得有件未完成的事情。騎單車回家的路線圖，得岔出一個轉角，向便利商店去領回這些託管的孩子。

深圳國際轉運中心、上海國際轉運中心，或某個日韓代購人士的托運行李中與衣褲堆疊，這幾袋幾箱的靈藥流轉各地，各有身世。如果他們有護照，定蓋滿印章貼滿貼紙，甚至可以經驗老到的評論起各站輸送轉盤的優劣，各家航空貨艙的舒適與否。直到旅程末段，成為包著尿布的嬰孩被送子鳥投送至各地，劃歸為平凡。

同時生命也沒有比按下購買確定鍵，更確定的事，縱有後悔，不過傷財。指尖下的市集，像藤蔓在爬繞，這樣商品蔓延到那樣商品，並不是什麼為了一朵花兒放棄一座森林，而是本只要買一隻鯨魚，後來買下整片海洋。

紛呈的商品竟能緩解某些時刻中手足無措的焦慮，帶我走出人欲，看見另一個物欲世界。當我感覺擔憂，我開啟購物車，逃出現實，在電子商場遊蕩。每樣商品按入，隨著材質的文字描述與好評回覆的星星數，我猜臆商家的品味，往前溯源，找到商號與整間店鋪。數不盡的店家在網頁後構築一座巨型城市，用領帶與絲巾在兩棵樹之間串成蛛絲吊籃，搖搖欲墜的疊上大象雕塑與仿古櫥櫃，城市居民在絲線邊緣懸掛上自己的睡袋與家當，像是一隻一隻的衣魚，等待樹下的遊客講價挑選……

購物車裡的待購商品更是彼岸，得不到的事物被羅列出一張清單，各色的針織衣服、黃銅鉛筆盒、豆綠刺繡洋裝、多角度皮克斯檯燈都是滿溢而出的欲望，新的貨品不斷塞入購物車，所有願望一層一層向下沉澱，我的三疊紀與我的石炭紀。

「盒子裡是我的綿羊嗎？」小王子問。

抱歉非常，盒子裡是我的不鏽鋼曬衣夾，是我的山田詩子紅茶，是我的旅行後背包，沒有一隻長得像你的綿羊，而且我迫不及待拆開它。但他們也是活物，將要沾染我的氣息，散落在家中各處，與我服用同樣的水土，成為我牧養的羊群。

最盡忠職守的莫過於那只袋子，黑色不透光的神祕，用標楷體印上名姓，與電話末三碼，大方標誌為屬我之物，運轉漂泊來城市邊緣，到我身旁。取出貨品之後重新被撐開，放入各種感官觸摸生活的痕跡，幾條削下的紅蘿蔔皮，辛辣的蔥段尾端，清洗時不慎遺落的幾粒米，潮濕的咖啡粉與濾紙，還有前陣子熱衷於吹風，開敞窗門颳進來的風沙。

偶爾也有從包裹衛生棉的面紙團，以及排水口收拾而來的凌亂毛髮，無論再怎麼極力想掩飾，經血與濕氣往往也微微透過衛生紙，在紙團畫面中加入一些髒亂。還有每過一日便想用力槓掉的行事曆，我也用尺依格撕下並棄置。

每個早晨，我在貓兒自以為威脅性十足的鬼叫催促裡，將罐頭放入小碟，看著牠們埋頭吃食的背影，轉身蹲踞在貓砂盆前整理那座枯山水，用鏟子篩出黑色貓糞，丟入寫有我名的袋子裡。

這袋從四處蒐羅而來的生活遺跡。當病與死被密封在白色巨塔中，當經血與穢物都被捲入沖水馬桶，生活文明的表象下，此袋是條祕密的尾骨，是曾也如猴類懸掛尾巴的人類極力否認的，演化的遺跡。最具原始夢境與齊一的色彩，三千年前、四千年前在冰河期找到火源的原始人，街上、收容所張望著的動物們都有的個人屬物，骨骸、皮屑、糞便、果核，那是不打上柔焦的行走坐臥，千年如一。

且袋子確確實實的載有我之名，也沒有什麼比放入這些東西更加適切，雖不令人感動更少有一顧，是無關緊要的，但那的確是我，與我的。

旅程與睡眠

難以割捨這樣長長的迴旋，有時我喜愛移動更甚抵達。在時間的耗損之中無所事事，少有像這樣不帶慚愧的時候，因為我在移動，放空是必要的。

那一次在北京往哈爾濱的夜行列車上，凌晨醒來，看著窗外疏落的白楊樹，站在阡陌之間，紫藍色的夜晚，月光清亮，走了好遠都是差不多的景象，卻不覺得沉悶。整個車廂的人都睡了，只剩我打開走道的折疊椅，靜靜的坐下來，還有一位穿著灰色制服、戴著帽子的站務員女孩來回巡邏，時而消失。

重複的車廂，重複的房間，像是被夕陽拖得老長老長的影子。在這些時候我感到無比接近過往，心裡有來回交疊的人事。想到與許多人互道再見，不再見的再見，背著身各走各的路。小學班上最漂亮聰明的那個女生，去迪士尼帶回一隻穿著和服的米妮玩偶吊飾，全班只送我一個。那個昂貴又精緻的吊飾在國三以前，都被掛在我包包最顯眼的地方，滿足我的虛榮心。幾年後在臉書上遇到，相隔太多年，幾乎是陌生人，我忘記國小時的她，也忘記國小時自己的喜好與願望，只能寒暄幾句，沒有然後。

在哈爾濱我認識劉洋，當時所有的文字都還造作且幾近淺白，密度極低，一句話能說完，偏要說成三句的年紀，往往走到自己世界的邊界才能煥發一點不矯揉的真情。在哈爾濱三天，我與劉洋趕進度似的從初識到膩在一起，她的皮膚白皙，雙眼皮深邃，紅色的風衣在她身上不顯俗氣，說起話來總是爽朗大方。那三天我們是兩校的學生交流團，吃東北餃子、吃冰棍，看聖索菲亞大教堂，也看劉洋與她的同學精心安排的表演。而台灣團在匆促之間，找了個臉皮厚，肚子也厚的男生，掀起上衣，表演一段荒腔走板的肚皮舞。

來到回憶的跟前，四周從不荒蕪，而是猶如演唱會場上震耳欲聾的群眾聲、刺眼的各色聚光燈，紮實的臨場感。零碎的訊息有如剪接畫面開始一樣一樣浮現，等待你對著麥克風說出第一句話。

劉洋帶我去看她學校的食堂，門口有厚厚的軍綠棉布棚擋風，道旁有學生們成隊抱著熱水罐去裝熱水，成排的黑色樹身早已無落葉，聽說這些地方在春夏秋會有如莫內筆下的花園那麼盎然。她告訴我她早上都泡十穀粉當早餐，我買了三包帶回台灣，為了與她更接近些，我每天泡一碗玉米色的十穀糊喝下肚。在臨別的火車站，劉洋為了我哭了，沒有兄弟姐妹的她，為了南方來的我交出了真心，而後我們互通了四年的信，漸漸疏落。

她介紹我 Sophie Zelmani 這個瑞典歌手，歌裡既吟且唱，在低迴處歌手沉默讓配樂繼續，每一句沉默都有漣漪般的回音。我從早已不再使用的信箱，找到她從前給我的那些音檔，再聽一次，發現歌聲仍然很美，但少了一些空靈的魅力。還記得這首歌第一次從深夜的音箱中傳出來那種大雪覆蓋四境的空間感，如何震動我。許多事物，在時間的稀釋中變得淡薄，只在想像裡美好，我想維持美好最關鍵的工作，便是不再觸碰，或是期望與之再有任何然後。

平日在島內移動，我也喜歡，甚至貪戀這些移動的時光。坐客運讓我有一種事不關己的悠哉，高速公路的車況不定，急也急不得，不如搖搖晃晃接納所有誤點。好好看看建築物縫隙間的電線，路人在騎樓下的呵欠，潮濕水泥壁上的鏽痕。較高的客運帶有一些遊戲的味道，當然若是可以把頂上那塊鐵皮拆掉就更接近遊戲了。候車亭積滿灰塵的屋頂，久未擦拭的招牌燈，二樓住戶曬的衣裙都看見。我癱坐在舒服的座椅中，關上冷氣通風口，披著外套，眼色淡然的看著這一切。

前些日子睡眠時間有限，坐在客運上的昏睡時間令人期待，被座椅包覆著睡著並且作夢，醒在經過鵝卵石遍布的大溪旁，成群的綠樹在兩旁羅列，在行進間，安心的再次闔上眼。一次到台南見朋友，買到臥艙的客運票，竟還有小毯子與平躺的椅背，那也是少數難得美好的睡眠經驗。

到台中參加讀書會結束，需要搭車回台北，窗外的景色在我將睡的眼簾之前暫留，每一幕都可以被拍成電影。客運內的燈光反射在窗上，車燈照亮一旁灰色的鐵皮屋，漆黑長巷中的路燈照著長滿綠色植物的圍牆，層層互掩的葉片中透出光亮。看著所有座中旅客們的背影、鞋帽，各是不同的來歷，所有訊息被放進透明的缽盆均勻攪拌，塗抹在我的夢土。

但夜晚坐客運往往也讓我提心吊膽，尤其我知道人難以長時間重複單調而無聊的事情時，便對夜晚司機的瞌睡抱著擔憂。當司機為了超越前方的車輛而超車時，我往往被晃動驚醒。或是某些大的轉彎口，害怕車輛便這樣直行衝去，心跳急促。遷移要賭上性命的，從史前時代開始便是如此。

桃園到台北也有約莫一小時的客運車程，每次坐上車我都期待，無論接下來是在窗口張望，或是沉睡都是。如果沒有下雨，架橋上的藤蔓枯萎後，留下細如雨絲的根筋，畫出藤蔓原有的形貌。看樹林間鐵皮屋搭起的紅色宮廟，覆蓋過榕樹的紫色喇叭花，遠方的高壓電塔、白煙似的煙囪與近處順著綠草斜坡直角生長的小樹帶出景深。貨運車那磚紅的鐵櫃，偶爾會遮住視線一兩秒。經過汐止五股高架橋，可以看見晴天下淡水河那溜溜的明麗。尤其下高速公路時，即便知道車子總是會到站，即便到了台北沒有要辦什麼特別的事，仍會忍不住愉悅起來。

我們家四個兄弟姐妹落腳在東南西北，往來交會也多靠著客運與火車，在地圖上來來回回畫出多條路徑。小時候多看一眼都嫌惡，吵架時視為仇敵的手足，如今真要四個人聚在一起，一年可能都不到一次，就這樣分散各地了。

我偶爾會想念我的弟妹們，尤其當猛然覺得家裡好空的時候。我們並不是沒有幻想過有一日四人能再合租，一人一間房，有個共同的客廳。但進一步思考，我們容易吵架，而且這幾年的生活方式與個性又被環境形塑得更加特異。雖然偶爾歡會互虧，都是與朋友相比不曾有過的放鬆和縱情，但這些歡樂正是因為維持距離的美感才得以持存。因此在聚會後再如何不捨，我仍會跳上車，繼續旅程，繼續睡眠。

夜裡的臥鋪火車在雪夜繼續往前，在那種近於零的時空裡，貼近高倉健在《鐵道員》遍地白雪中的那張電影海報。積雪的月台，空曠的街道與孤獨的火車，白雪讓許多事物停滯，讓逝去的回憶復甦。鐵道員逝去的女兒化為三個不同時期的女人來向他道謝，他一日日在電影中等待終點站廢線的那天，等待久久經過一次的火車，做著一份被忽略的工作，孤獨的生活，篤實的在紀錄簿寫下「今日無事」。

無事的生活是一種懲罰，像是滯留在積雪中的火車，像是西西弗斯搬運大石的徒勞，面對四周不變的風景，壓下許多心中的思緒才能平淡無事。許多時候寫作時答答的打字，勾起許多複雜的回憶，幾次想流淚的片段，但實在太難以解釋，他人問我寫作寫得如何，我回答「我寫得很愉快」。

移動之中也似逃離所有空間的拘束，使人更加客觀與清醒，看清更多聚散的根由，還有騷動的心緒。許多時候，我必須承認那種對於往日時光的愧疚是一時的。感傷的時候我曾找到國中的死黨，為她寫一封信，叨叨絮絮的說著思念與感慨，又再一陣子之後再度失聯。找到她，再遺棄她，這樣往復兩次，直到她決定冷淡的面對我這些突如其來，而且不帶體諒的熱情，拒絕陪我演這場回憶家家酒，我才終於失去了她。

火車繼續前進，鐵軌長得像地表的拉鍊。旅程中我往往捨不得睡，因為這樣的時刻如此難得，想起夜晚勾留的哈爾濱中央大街，零下的空氣冷而乾淨，黑暗遮蔽許多新建築仿舊造作的痕跡，櫥窗裡放著道地的黑麥麵包，許多歐式老建築的咖啡館，白日隱身的酒吧亮起霓虹燈。而此刻，籠罩著薄霧的藍色夜晚，我妹妹正在下方的臥鋪熟睡，長睫毛的側臉像個天使，儘管我們剛剛才為下鋪在未至睡眠時間之前，是否應該充作公用沙發而爭執，但此刻的她仍像天使。藍色的床墊鋪上白色的床單，我們在一個用靛青色的絨布裹成的房間，又陌生又熟悉。

四張色票

《維爾納色彩命名法》寫在一九五〇年代，使用科學方式將色彩標準化之先，透過語言區分深淺濃淡的色調，讀來如同一本詩集，是萬物投射至腦海的感性光譜。達爾文的《小獵犬號航海記》也運用此組顏色描述，記錄眼中嶄新的物種與世界，幾百年後，我以同一本色譜，安放各段記憶。

1. 紅栗褐色的扶手椅

蹲在角落觀察蜘蛛網上的水珠，發現牆角是核心，折射而出三面牆。三歲那年，她由此明白自己住在被包覆的盒子裡，就像薄得透光的耳垂與小樹枝上的樹葉很是不同，牆內屬於自己，牆外則否，此處與他方也隨著對比，彼此完整，相互安全。她欣喜的拾起三張廣告紙，邊角用膠水沾黏，做出與牆角一模一樣的九十度角，說「這是房子，我的」。

框架而出的世界是1比12，手帕是地毯、藍色彈珠成了玄關擺設的大顆水晶，貼上一角明信片當成窗景，她邀集所有想像的賓客脫鞋入內。平常不說話的同校車女孩，坐在紙屋笑著喝下第一口茶；隔壁的老狗蜷縮在衛生紙做的地毯；過世已久的曾祖母，也在屋內有一張紙摺的搖椅。

二十年後的每一天，她揉開睡眼打開電腦，發現從前與現在差距不大，Word 100%的整頁模式，上下左右是邊際、是水泥，中間的白色頁面屬於她，她用游標與鍵盤築起看不見的城牆，文字讓頁面成為任何地方。輕點游標，她邀集許多想像的賓客，進入這棟文字築成的袖珍屋，蘇軾強烈要求把咖啡換成酒，李白談笑自若很中二，哲人輪番而至。

她將賓客找來是為了討論音樂，4/4拍子，ABCD四選項擇一，不疾不徐，適合學子學步的穩定節奏，再難的問題都能因而清晰明朗，不失為一種偉大的發明。直到上週那張帶點迷茫的臉孔引起她的疑慮，心底起了毛球。

那天他正坐在橡木的扶手椅，摘下眼鏡湊近看著那支銀色的點心匙，她猜想他正以一種管家特有的敏銳觀察力，在分辨鍍銀餐具與英國貴族純銀餐具的差別。她打破了沉默：「史帝文斯先生，問題是這樣的，根據《長日將盡》的小說內容，下列選項何者最適合勸勉您？A.書到歷時方恨少，事非經過不知難；B.天生我材必有用，千金散盡還復來；C.人生到處知何似，恰似飛鴻踏雪泥；D.花開堪折直須折，莫待無花空折枝。」

「指的是我的這一生嗎？」

「是的，我的資料是：《長日將盡》中管家史帝文斯極度嚴謹，過分壓抑情感，唯以主人的意見至上，甚至犧牲他與女管家肯頓女士之間將有的愛情。這部作品給人們的最大啟示，就是要反省自己是否過於壓抑情感，否則將造成永遠的遺憾。」

「遠遠不止，年輕人，一切遠遠不止。」史帝文斯不帶情感的臉上，罩上一層憂鬱的藍光。

如金工將金屬延展至極致，鍛造如蝶翼般的薄膜來包覆所見，兼以歸納諸多是非的ABCD四面門牆，究竟簡化了世界，或是排拒了世界？她想回頭再求問，座椅早已空落，「遠遠不止」四個字她只能暗自咀嚼，這是她為學生設計選擇題以來，最困惑的一天。

2. 雪白色牡丹

她是我看過唯一可以把牡丹插得不俗氣的人，我從無名小站尚未關閉前就喜歡瀏覽她的花藝作品，捕捉枝葉在潔淨的擺盆中鮮綠色的美。

清水混凝土桌面，血紅色與胭脂粉的牡丹，靜置盤型花缽一隅，枝葉捲曲且細緻的蕨類由花朵交會點往右方蔓生，隱約鋪墊著黛黑的錢幣型樹葉。她與先生帶著氣質像純白海芋的女兒，在台北經營花店。她們有著像林憶蓮那樣，好看的內摺雙眼皮，喜歡穿著純白的棉質襯衫，加上一件棉麻圍裙，紮起長度在肩膀左右的頭髮，拍下每一盆作品的樣貌，甚至是花朵投映在牆上的影子。

他們在花店內養了兩隻鸚鵡，一隻純青一隻雪白，分別叫八月與九月。夏日有開滿白色蘋果花的果樹，初春店內會進來初雪般潔白的梅樹，八月與九月會停駐在滿載花朵的枝枒上，活生生的花鳥畫。海芋般的女兒也愛花，從低年級開始會紮綑手掌大小花束，配色遺傳母親的簡雅。

花店女主人在幾年前的某天，在網誌上寫了一篇文章，她說自己的婚姻美得毫無隙縫，但某天從床上醒來，發現自己無法再這麼過。男人並沒有什麼錯，她又如何能夠如自己所說，殘忍的提出這項要求。直到女兒告訴她，那就分開吧，沒什麼大不了，不愛了便要誠實。在男人的憤怒與猜忌之下，她仍然誠實的說出殘忍的理由，因為不愛了，而不是因為愛上別人。

花店一分為二，她將商標與花店留給男人，帶著女兒開了另一間，店內的白色波斯貓也跟著她們出走，照片裡少女托著腮寫作業，貓就依偎在一旁。在女兒的字仍顯稚氣的時候，過年的盆花，會附上女兒親手寫的「肥」、「無拘束」、「飽」等字跡質樸童趣的方形春聯。

近期那隻波斯貓過世，女主人寫道那期望與貓相依、共度女兒讀大學的空巢期已成懸念，但幸運的是，她有許多時間與貓好好的道別。投胎或死後變成天使那樣未知的事，她不打算去追，「我只是覺得她曾經存在過，也因此成為了一部分的我。現在的我，將來的我。」她說。她的朋友留言：「因為彼此的陪伴形塑了現在的樣子，若能好好記得，便是難過裡面，很好的事。」雖然從頭至尾都不算真正認識她們，但我想記下來，因這也成為了一部分的我。

他們的貓就叫牡丹。

3. 天鵝絨黑色的包廂

當MV影帶開始模糊，才想起這首歌已經有年代了。從前的夏天，輪播的強檔金曲像驚雷，為你鋪開想像中接近完美的人生樣式——從髮型到約會類型，那些MV展示夢境一般的大人人生，你將所有女主角的臉都換上自己的。那樣的你也隨著時間模糊了，大概就像R跟我說的，他心裡一直還是個剛畢業的大學生，怎麼一轉眼就幾十歲了。

有多遠呢？當初剛出道的盧廣仲如今變成影帝，從前綁著馬尾不滿二十歲的郭采潔剪為短髮去演了《小時代》，劉若英走出無數失戀的歌詞，神祕的結婚也生了孩子，飛兒樂團團員交往又分開，解散又重組，換了新的女主唱。那些活在螢幕裡的歌手，也在時間的蟲洞中更新故事，如此的KTV式憂傷變成一場青春追悼會，但也不會太久，我預言明早你會梳洗如常。

即便媒體一再強調影星歌手青春如舊，但大家都清楚那種專屬少女的稚氣與膚質，是走出那些時期或做多高級的微整，都難以再現的，學不來的青澀，只在螢光幕裡反照現今成熟的臉。廉價澎大海熱茶被端進來，歌單列隊排列，有些歌播畢，有些在準備。我們仍習慣開啟原唱與歌手一起合唱，由當年的他們領著現在的你。燈光調暗，一間間的K歌房，唱出你的環繞音效，歌單沒有更新，只是飲料從汽水換成啤酒。

你想著身邊這群人又換過幾輪，大學時代的夜唱現在已經很少有體力這樣做了，那種扭捏拿起麥克風的心情現在也不會有了，上過成年人的殘酷舞台就刀槍不入了，偶爾走音就當作是故意的。我們習慣在唱到高音時感傷，習慣在副歌伴奏的時候傳訊息給未到場的人說愛，於是手機的螢幕輪流發光，有時也隨著歌曲突然想起一件重要的道歉，或某個在歲月裡消失的人。但也不會太久，我預言明早你會梳洗如常。

已經年末了，你有過多少段狂歡的跨年與複雜的情感，但在唱起〈小幸運〉，看見螢幕裡的高中制服與校園，還有年輕時相互試探的拉扯仍覺得眼熱。我們被歌詞裡的問句擊打得全身發燙，終於不再試圖追問，更不再回答。當我們準備好了，開了嗓、瘋狂點歌，但時間已經不多，最盡情的時光總在最後幾首，大家賭著哪一首歌會是終曲。而我，我最遠只能陪你到這裡了，幾首歌的距離。

4. 珍珠灰的空氣

凌晨六點，我在旅館準備退房來到大廳，走廊僅提供識路的些微亮光，大廳入口那盞豪華的水晶燈也隱身黑暗中。昨晚與我道過好的旅館清潔員帶著被子與枕頭，橫躺在大廳的沙發睡著，見我出電梯門，為我喚醒在機房趴睡的櫃台人員。

走出旅館往外望，路口閃過來往的車燈，難以從容，路邊小販的蒸鍋冒出白氣。還有一種有如小車廂似的黃色鐵皮小店，佇立在十字路口，看了菜單，賣的是類似台灣各種口味的蛋餅。冬日常態是攝氏五度，甚至更低的氣溫，城市如常運作，街上偶爾可見為機車加裝外緣與屋頂，能夠遮風擋雨的小型車。騎行機車的人將雙腳前加上一層棉布罩，到前兩年的超級寒流，在台北橋的機車瀑布上，也出現過幾套。街上成群的國中生，臉頰緋紅的穿著薄外套成群上學，追趕笑鬧著。我問友人這麼冷的天，她從前上學可有遲到過？她很認真的想了一下，從沒有。

十字路口的交通不談規則，來了第二天我已能自顧自的學當地人用一致的步調在車陣中穿越，學校旁的各家商店緊鎖著大門，地上的彩色紙屑與汙水，門上剝蝕的油漆字跡仍帶著疲態，只有路口那間綠色藥房的招牌還發亮。

如果城市的演化真有前身與後世，那或許真的可以在此找到某些逸散的時光遺跡，多數是氣味。這幾天我與信陽的友人喝了好幾杯一杯十三元的珍珠奶茶，仗勢著這裡天寒地凍，熱量消耗較快，且飲料有台灣早期的味道。那種七里香、休閒小站等全台不知收到剩幾間的老派飲料店，珍珠嚼得嘴痠又過癮，還有奶精中隱隱的香氣。

車行接近寬闊的運動廣場與重點道路，太陽在霧霾中升起，些微朦朧的珍珠灰，讓你忍不住想揉眼看清。拉著行李走至空曠的高鐵站，強勁的冰風鑽入衣袖縫隙，鼻腔與頭腦被冷空氣灌滿，喉頭有一種嗆水後的疼痛，直到回到台灣吸一口暖空氣才緩解。友人曾經問我台灣如何，是否好過她們那樣的二線城市。回到桃園市區，我站在十字路口拍了一張照片發給她，花花綠綠的商家彩旗，一樓各色的小吃店面，低窪濕黏的路面，繁亂的交通，珍珠灰的空氣台灣也有。「真像！」她說。

優卓匹亞重複城

我看著窗上的水滴發呆，驚訝在這麼冷的天水滴仍是水滴，在其他城市的時間總是拖得很長，彷彿指針與時間走過的刻度與我的腳步無關，如此被當地時間屏除在外，脫離現實感以致初來兩日，我甚至不覺寒冷。車潮與燈光，一切像是小說的前奏，而且是冗長的那種。

初雪還沒來，但落盡的葉子和公園裡面上了新漆的器材，都在等待冬季過去。因為沒有網路，手機便直接失去了意義，只剩鬧鐘的功能。我一直以為自己把手機丟在飯店，後來發現只是壓在背包口袋底層。除了飛機起落，我沒有拍下任何照片。

這個城市正在興盛，以台北的角度回望有一些復古的味道，用著霓虹燈似的。冬天壓下了各式的氣味，灰白色的水泥與紙屑從微雨和砂土中顯露出來。除了帶扣的皮外套配西裝褲，還有燈芯絨的外褲很少見了之外，幾乎是一座我記憶中的城市。所謂的記憶是可以猜知下一個街角有著白楊樹的街景，可以知道不遠處有商圈，像是一個四處移居的馬戲團帳篷。可以猜見幼兒園前庭有塑膠草地沾滿早晨露水，餐廳鐵盤下層裝酒精膏的容器帶著殘蠟與焦黑。

城市在中午之後更加熱鬧，霓虹燈亮起，滑向真實的界外。你要何時才能接受有許多事物已在你的認知之外暗中進行，在你所未知之處，各座城牆拔地而起。

我快步走進一間咖啡館，木頭造材，樸素帶點頹廢。眼前有一層迷霧包裹場景，那像是光，又不是，因為光能鑑照一切黑暗，而這幾盞燈泡橘色的鎢絲，僅照亮燈緣，音響的震幅穿過桌面之下暗遞，波型屢變。手邊的滑鼠被紅光穿透輕薄的外殼，像一窩小小的火焰微顫。

那扇以十面玻璃拼起的大門再度被打開，穿著厚外套的男女進來，寒風從門縫偷跑到椅角。男女們選了邊角的位置坐下，同時我以手拿起栗子派咬下。他們用眼光擦過四面的幾秒，也攝入了我，將我視為咖啡廳應有的一種擺飾，正如前十分鐘推門進來的我，也這樣看待已先入座之人。

優卓匹亞在卡爾維諾《看不見的城市》裡，是一座在高台上被複製貼上的重複之城，居民們在一樣的城間輪居，當他們厭倦當前的薪水、債務或每日該問候之人，另一個空曠的城市便等待著他們重新居入，重劃新的工作，愛著新愛的人。

眼前是優卓匹亞，我眼中他人是新的，他人眼中的我也是新的，我們無法確知其他人的前塵往事。在他者餘光中，我正不斷形變，被指認、劃歸，依著他人眼際所及被想像出各種不同的職位、背景，然後被命名，像水面被各個方位的風揉雜出不同的皺紋。在那人識見中被劃入這一類，或被歸入那一類。

指認他物，早在文明以先，為著將未知劃入已知的領域中，比如將星星指認為天上的小石子，湊巧的，那確實是小石子的一種，銀河是漫天小石。波浪轟隆是水的聲音，因而雷聲轟隆是星星的聲音。當前，我無法確知眼前的人由何遷移至此，更替幾番，正如他們也無法窺知我如何在生活中屢屢幻化出龐雜的腳色與任務。

在我坐進咖啡店前，是誰在使用這張木桌？誰在鍵盤上敲出星星的聲音？就像你中學的課桌椅如今坐著另一個青春少年，接管所有你未實現的夢。優卓匹亞之人請不必認真，一切接連帶著偶然性，小說中的馬可波羅早已明白：「居民重複著相同的場景，只是演員換了；他們以不同組合的音調，重複著相同的言詞；他們張開輪流更替的嘴，打著相同的哈欠。」

穿過沒有紅綠燈的馬路，我仍然跨不出這座迷城，女人擦著同號色的唇彩，背著同型的包，男人穿著同樣限量的球鞋。一切如此相似，我們或可停止前行，席地野餐。城市並不負責給予驚喜，只負責給予安全感，它最好是所有人印象中理所當然的樣子，直到眾人為美好的瑣事而顫動心房，微妙同頻，像是夏日蟬鳴那樣一呼百應為止。

——原載《INK印刻文學生活誌》第一七五期

螟蛉樂園

十點左右的夜車空曠，我將包包推至座位區的一角，在雙人座側身趴下枕在手臂上，貼近車身以及輪胎與地面單一令人失魂的節奏。雙眼以外的感官倒出許多尚未消化的意識，某些似曾相識的畫面在記憶裡搜尋相似的影子，如成對的撲克牌被歸列……

今日正午太陽熱照肌膚的刺灼，像是某個酷暑，擔任值日生搬著資源回收轉入垃圾場小徑的不耐；傍晚捷運上高中生用塑膠袋封著炸食，那酥皮用水蒸氣泡軟透出的朦油香，混著旁人補擦的香水味，喚醒了某次在美食街用餐的印象。整日載著各種軀體往來雜混的氣味，隨著座位空落而消失，我趴下，身體壓過窗外的風景，手臂下椅墊的綠顏色，隨著車燈劃過一排排似的燈光被手臂攏成一個燈箱，顏色隨著窗外投射的燈光而改變，一種紅覆蓋上一種黃。

某一個夏天，我背著電腦，與匆忙之間塞入各種雜物的大背包，趁著母親出門辦事兩三個小時的空檔，從家裡逃出，告別母親的狂躁之症，與我日日難解的噩夢夜晚，也告別無憂的年歲。

隨公車前行，腦海中的地圖開始隨著走走停停的站牌往前繪製，並因著公車號碼被賦予一些組合數字。88是離家遠，106是離家更遠。再陌生或再熟悉的區域只要跳上公車就能轉移。

投下硬幣，窗外的景色像畫卷一樣動了起來，我常是半路隨著振幅入夢，依著醒來的時刻，感受路途中各樣的顛簸。一樣的路，日日行經卻是不同，在睡與醒之間隨著想法的浮動，上坡與拐彎被忽略或深記。

在車上的夢裡，我駛上另一條路，滾入街上熙攘的人潮中，奇異迷離的來到某次與家人的夜行。母親開著車在夜市外圍找停車位，我則想擁有路旁花店內那引人欣羡的花束，人潮如水與車身貼齊，緩慢移動。場景的當下我偷偷懷抱青春的憧憬，無視於她現實中的煩躁。

當全家人擠在一輛小小的四人座車，太過貼近的距離，容易使事件失焦。往往，我因為某幾個詞語鬧起彆扭，或是母親話中帶有被安慰的願望，而未被察覺，我們看似在溝通卻是在試探愛的底線，卻總弄巧成拙。

多久以來冷淡的面孔是我最適合的妝容，透過照後鏡我看見她失望的臉。每當我與妹妹為了誰要坐前座而相互推卸，母親有時恨恨的看著我，因我善於用距離冷待她，無形之間我們來往的眼神與話語，都是拉扯。

正像一次她見我從廁所出來哭紅了眼，她說「你為什麼哭」，我防衛的回答「我為什麼不能哭」，從此我少在她面前哭。

在某些話語的空隙，我想像自己把心情包裹在紙張裡，拉綁著線，在窗外掛著。在哈爾濱某個沒下雪的零下八度，我將吃不完的冰品綁在窗外，隔天早上開窗，冰涼的口感還在，像是那樣。

我學會憋很久的氣，但當焦慮漫過鼻翼的時候，還是呼吸急促。時時的遁逃與回返，常常忘了把自尊遺落在何處，膽子越來越小。

我要自己是調笑歡愉的樣子，微笑是真誠情緒中最不讓人反感的一種。在殘破的重構之中，我慌張的找找這個殼，換換那個皮囊，我蒐集了許多笑話與學生剔透的童語，一件一件的說給母親聽。偶爾，她在話語中聽懂了我的陪伴，繞過我們之間山頭般的心距，來到我面前。當我努力的用笑話填滿縫隙，才發現車上缺乏的只是些熱鬧的聲音，因為我們太不快樂。

直到她讀完某些我發表過的文章，她溫柔的眼光，伴我如同閨密那樣親暱，她說道「遠方雖然不能到達卻可以想望」，我只能彆扭的閃躲這些文字，像我剛念中文系時，告訴她什麼是文學一樣，將她劃為不是文學的那方，劃於我的世界之外。

她是如此希望親近我，回頭遙望之間我察覺了太多虧欠，虧欠的不只是錯待彼此的某日某月，還有好多個美夢。

※　※　※

某個夏天她去了日本學插花，四乘六的相片裡，有垂直的劍蘭與百合，配上橫向構圖的白色小花，玫瑰不紅不豔，有一種清冷的色調。相簿塞滿了許多插花作品照片，只有花，沒有人，逃過與某些舊時墊肩的女性套裝與半屏山髮型的合照，使照片看來永遠像是昨天才拍的。

照片順時洗出，依序排放在相簿，中間段落有身著條紋衣的工作人員露出八顆門牙友善的笑，握著占滿天際的氫氣球，還有有著彩繪玻璃的古典城堡，母親穿著米老鼠頭像的紅毛衣帶著笑臉，在一張張的樂園相片中穿梭。

那是一個無憂的國度，連工作人員拖地都會用拖把畫出卡通的地方，高昂的笑聲被曝曬在太陽下，蒸騰出極樂的雲霧。

那是一個遺失任何東西，都能被找回的地方。

「一定要趕快賺錢存錢，以後我們大家一起去。」我母親說。

相簿我翻了兩次便沒再翻開，但樂園的光影卻仍在眼前一再重現，前年夏天在港鐵上也還是想起，卻沒有對任何人說起，像那件米奇毛衣默默被收在我冬衣的箱子裡。

等我自己走向樂園，這段敘寫的故事，由從前來到如今的某天。

帶著幾件換穿的衣物，我飛到香港過了四天三夜，沒有避風塘炒蟹與女人街，沒有任何旅行計畫，四天的時間因此變得很長，長程中某種當地人才有的寂寥便會出現，寂寥之中人車的聲音進入我聽覺的頻道裡，我放空自己，走過隨意高低的石階與養著貓的書報攤，吃蒸糕，去樂園。

暖色調的器物與卡通圖樣的食品，為進入其中的每位顧客裹上了一層糖霜，某些固著的脾氣、惱人的話語被鮮奶油與鍍金邊的小巧碗盤阻擋在園區入口。仿中古世紀的石磚馬路，踩上的都是輕快的腳步，四處都是拿著氣球與抱著玩偶的大孩子與小孩子。

等待遊樂設施的過程，像走入重重迷宮，這是解決漫長的排隊時刻所設計的情節，排隊中途一群隊伍約莫三十人被放入小小的密室中，四面牆壁開始上升抽長，製造下墜的錯覺。長達三分鐘的音響與聲光，爾後對向之門開啟，隊伍仍然繼續排列著，還沒，我還沒進入故事裡。

而舊的故事再度襲來。

「你妹要走有先跟你說嗎？」妹妹在某個雨夜，搭上一輛計程車遠走，把所有的騷擾、辱罵與毆打都丟置在舊家。那天早上母親大喊妹妹的名字，找過房間各處。四周的牆壁開始向上蔓延，我感到頭暈目眩。

「我真的不知道。」我說謊說得不好，幫找妹妹的動作太笨拙，媽媽都看得出來。生活向前，隊伍向前，她繼續這一天的原訂行程，開上車載著我繼續往郵局辦事。車上的鏡頭拉近拉遠她都是大哭大吼大叫，我試著在心中抽淨了一切聲音，四肢卻仍是不聽使喚的震顫。她一摀方向盤，我就嚇得跳一下。

下一秒我就要跳車，不，再下一秒好了，還是再下下一秒……我努力的分心至跳車這件事情上，緊盯著安全鎖，等待著車少且車速慢的時刻，但終究沒有跳。

「你知不知道什麼是螟蛉？」母親說，接續在她發表了幾種打算報復我們的死法之後，再次將比譬的才能加重的植入我的骨髓之中。

「拜託你不要這樣，我們兩個繼續好好生活吧！」我來不及，也不敢將這句話贈與她，因為我從來不敢在母親生氣的時候吭聲。

那樂園裡小小世界的人偶實在是美極了，母親告訴我。她說在黑暗中發出光亮的人偶，每個都是笑容滿面，那粉藍粉紅的漆，小小阿爾卑斯山頭的女孩還配了隻小山羊。

母親心中有一座樂園，一座我們永遠都到不了的樂園。

在香港遊客稀少時，我一遍又一遍的坐船進入小小世界，為了驗證媽媽有沒有騙我，是不是真的有那隻小山羊。

一遍，一遍，在迴繞的音響中我急欲確認那隻小山羊，如果這個小錯誤可以被證實，或許有更多的大錯誤可以被發現，那將會是一個掀開謊言的契機，便能確認我離開母親，從家裡出逃是對的選擇，尤其我絕不會承認錯誤的是自己。

在一遍一遍的回聲之中，音樂在牆與牆之間被震盪，期間是否會有時光重現。某個新的世界將會解答我所有的疑問：

我可以不愛我的母親嗎？愛與不愛可以償還或相抵嗎？

在我枝幹仍青之時，世界藉由母親之口向我吟唱，吟唱宛如遠古神話與傳說，像是走出洞口狩獵的蠻荒人，向洞中的族人比手畫腳的說明；像是初航歸來的西班牙人，向家人說明旅行中似真似幻的遊歷。直到我如今像她說的，翅膀硬了，這些傳說與神話將被我逐一驗證，用我的眼光覆上整個舊有的世界，用我的世界，替換她的世界。

因此我需要那隻山巔的小山羊，不管牠是否鏽蝕落漆，我都需要看見牠。

曾經發生的事件一再隨著時間與心情改變，不願意面對的情節被剪去，印象深刻的片段被放大。過去幾年與母親之間發生了什麼事情，我竟也無法說明。

在離家之前為了刻意防範自己這樣感情用事，我用手機錄下母親爆裂般的吼叫與以死相逼，如何像細線穿縫並揪緊我的心口；還有母親反覆的逼我與妹妹搬離，掀翻一切能掀翻的，丟擲一切能丟擲的，確認我能聽見她要將房子租賣的恐嚇，還有以死相逼的晚上，讓所有快樂像是詛咒，像是暴風雨的前奏，令人惶恐。

但我永遠都不會忘記，在我十七歲那年，她那個將我視為大人的擁抱，哭著問我「爸爸走了，我們要怎麼辦」。與她跳過躁鬱期那幾陣，那些高昂的喚我起床的聲音。還有偶爾抱著棉被來跟我同眠的夜晚，這些事情我不需要提醒自己，便永遠會是生命中最清晰的時刻，穿過許多時間與心理的關卡，完整的被保存下來。

我從不質疑樂園的魔力，即便理性至上的今日，我像小鴨破殼而出將第一眼見到的視為母親那樣，將所有故事銘印在心，因為樂園的卡通影片在我之前先找到我，充滿了我的童年，即便那只是影片中一閃便逝的幾個畫面。

愛孩子的母象在卡通裡從未完全現身，多是象耳或象腳那樣碩大無朋的器官，大量的身影，也是陰影，占據了半個螢幕。抵擋馴獸師的鞭打，甚至在幼象危難，不借用象鼻拔起中柱讓整個馬戲團傾倒，如此能夠彰顯母愛的片段，母象仍是窺不見全面。小飛象在柵欄外被母象的象鼻舀起，輕輕搖晃，母象用鼻音哼起歌，小象落下大滴大滴的淚水。既軟又韌的接納與輕晃，搖下多少情緒複雜的淚水。

難道愛真是陰影的共生？是最可怕同時也是最可親的嗎？從子宮誕出的幼體，要花多少年歲才能窺見母體的全貌，何時才能領悟母愛是充滿陰影卻又溫暖的支柱。

我用著自己的時間計算人生，等待著更成熟的領悟，在領悟之前，我早先一步脫離母艦的軌道。

※　※　※

那一座樂園在哪裡？

「螟蛉的幼蟲吃他們媽媽的屍體長大，他們殺了媽媽，你們就是螟蛉。」那天的媽媽說。

去過郵局，媽媽順路先將我送回家。

「等我下午回來，我們一起去喝下午茶，好好聊聊。」

畏懼著這一路的威勢苦逼，強大的不安感激起強烈的求生意志，我點點頭然後下車，待車走遠，衝上樓用顫抖的手開始收拾行李，頭也不回的背叛了這個約定。

獨身處在排隊隊伍中，繼續向前，成為一隻忘恩負義的螟蛉。

我在童年聒噪的急著開口，急於展現我能靈活的運用唇舌，誇浮的日子霹靂啪啦過去，成年後的夢境往往都是以傾聽作為一種補償，而夢境往往只有沉默的畫面，像那樂園的回放直至痲痺，剩下玩偶的嘴一張一合。我只能拆解這一幅幅如塔羅牌費解的情景，感受這些時光重現的意義。

夜車搖晃，我夢見陽光照在某個颱風過後的清晨，路旁的紅土被雨水帶至地面，斷裂的樹枝橫躺在路中，河水剛從飽脹的狀態恢復平靜，所有情景都需要一個更安歇的睡眠。正當此時我總被公車報站的聲音打醒，窗外各色的招牌比星星亮眼許多，整個鬧區靜極了。

「你記不記得很久很久以前，有一次我帶著你們姐妹，身上只剩下一百塊錢，我們拿了那些錢去買麵包？」有一次母親跟我說，我說我只記得麵包，不記得我們曾經窮成這樣。

「看來小時候我把你們保護得挺好！你們無憂無慮的。」母親的羽翼庇護著我，在我的自我意識尚未萌發，如她一般，將我視為她的所屬之物前，我曾擁有一個無憂無慮的樂園，很久很久以前。

如果人都不會長大該有多好。

來新城第一次坐上公車，街上飄著微雨，我帶著背包定靜在人群中，用漠然掩飾認生的緊張。猶如樂園觀光船前行，路旁數十輛的摩托車開始鑽動，雨點在玻璃窗寫上刪節號，想家的感覺慢慢的湧上來，我思索著自己思念的是從前哪一處的居住地，近年鬧區中心六樓的沙發小屋，或是更些年前東海地的窩居。

家具與書架隨著搬遷而消散再重新擺放，我甚至不為這些居住過的房間留下一張完整的照片，期待著有一天這些記憶會被完全抹去而無跡可尋，期待著回憶裡只有明亮几淨的景。

新畫的路線將我腦中的地圖向外拓，那些陌生站名我總是聽不清、記不住，也常要忘記坐車的方向，但上了車聽見引擎的運轉，便能確知是在路上，不管是哪裡，在路上都好。

帶著便利商店微波咖哩飯，我略帶抱歉的小口吃食，當許多不願記憶的事件被棄置在心外，全台皆有的微波食物或是速食店不著痕跡的拂拭了我的躁動。

公車窗外望去，機車後座的女孩看了看錶，燈號變換，車陣動了起來。我咀嚼著加了修飾澱粉的雞肉塊，看著騎樓的磁磚溝紋，水泥砌的樓牆像浮水印立在彩色的招牌之間，這一切究竟是真實或是虛幻，我努力的想著。想著自己是否早從樂園的遊行船下來了？若有，是在哪個時刻？

收拾完殘餘的飯盒，我將包包推至鄰座空位，彷彿關上房門，用額頭枕著窗沿醞釀睡意。

行經路旁廢棄的公車，只見剝去鐵皮的雙層榻，空落落的晾著一副鋼構的車骨架，像是隨時可以壓扁的紙盒，一枝失去墨水的筆。我日日看著它，看著蔓草將公車包圍，看著鏽跡將景色漸漸融為一體，從突兀，至彷彿那輛車從來就該在那裡，如同岸邊的大石，衰老到難以與時間對抗，便能被時間遺忘。

眼角的餘光中，多少歲月已成風景，那幾乎是選擇性的忽視，造就了時空的廢墟，但回憶永遠會在那兒，等著我某個不經意的一瞥，用淚水相抵。

旋轉的風景像是長河，像是我倉促間只能觀望的岸口，像是我多麼嚮往的樂園，卻只能任由觀光船開過，匆匆一瞥。

遠方永遠無法到達，只能想望。

或許有一日我能像它從漫長的移動中停止行走，任由鏽蝕給我新的面容，與路旁的行色匆匆無關。

跋

昨天下午出版社寄來第二校的稿件，我將校稿的橡皮筋拿下之後，一直繫在左手上，提醒自己手邊尚有著半懸的稿件等待落定。我戴著這條橡皮筋至街角吃自助餐，到便利商店領去無關緊要的貨件，也在ＡＴＭ前忖度著皮包裡的現金。似是這樣的，寫作與我的關係，不在生活之上，而是與生活相依存。

那些孤獨的時刻、自我的碎片、解離的生活，也只有文字能將這些碎片綴補成更加完整的面相，一篇一篇的重量，終究可以把我的模樣漸趨真實的拓印出來，透過散文重組魂魄，與自己重合。

也難以有一件事是讓我頓生巨大的信心與與惶恐，寫作使我在極熱與極冷間遊走，無論如何抗拒，它都要我去生活，才告訴我下一步該往哪走，或是揭示有沒有下一步。我常將自己的人生想像成具體而微的藝術史，但近幾年我始終在文藝復興的時期躑躅不前，任務是看清自己，但那太困難了。卻也隨著成書，我看見這些反覆的書寫中，人生的迷霧也似乎正隱微的淡去，雖然不知道霧是否會再起。

諸如此類不確定的略帶神經質心思，我以為這才是常態。

關於寫與不寫的罪疚，時常縈繞在我的心頭。文字猶如利刃，下筆即是傷人，擁有文字的我，之於母親或之於其他人是一種極不對等的權力，我只能盡所能磨鈍解剖他人的刀鋒，而只對自己殘忍。

然而有太多的話語落定之時，傷害也瞬間成型，迷離的記憶之間，我的生命與許多他者交纏緊扣，像是要拆解炸藥，就得動搖到各式各色的電路與關係，但我是如此渴望極盡所能的看清這些歲月所為何故，否則我將舉步維艱。關係的崩解、背叛與拉扯、引火與爆裂，都將成為迷霧再起的引線，我的母親只錯在生下纖細的孩子，我如此殘忍的對待她，令她百口莫辯。因而我同樣恐懼成為一位母親，因我不知道該要做到什麼樣的程度，才能使孩子對我沒有怨懟。

二〇一七年五月在我極其脆弱之際，我大膽的將如今看來仍是黏稠得如膿血一般的散文〈一個人的紀年〉投稿至《印刻文學生活誌》，丁名慶老師採用了它，字句未刪的給予發表的版面，這份鼓勵讓我走至如今。周芬伶老師一直都是我的依靠，在我面對寫作與人生的茫然中握緊我的手。謝謝我的粉圓讀書會，成為我第一個讀者，傾聽這些輪番雜沓的心緒。謝謝陳芳明老師、張輝誠老師與蔣亞妮情敵，如此慎重又細膩的對待我的文字，寫下於我意義深重的序文，其中的字字句句我將深藏於心底。謝謝九歌陳素芳老師告訴我「我等你」讓我安心的創作，促成了這本書。謝謝方秋婷老師、陳憲仁社長，從國高中時期便引領我寫作。謝謝《印刻》蔡俊傑老師接納我的文字，更感謝編輯晶惠的包容，與霧室的封面設計。

寫於二〇一九年五月二十九日

九　　歌　　文　　庫　　　　1　　3　　1　　1

借你看看我的貓

國家圖書館出版品預行編目（CIP）資料

借你看看我的貓 / 張馨潔 著 . -- 初版 . -- 臺北市 : 九歌 , 2019.07
面；　公分 . -- (九歌文庫 ; 1311)
ISBN　978-986-450-248-6 (平裝)
863.55　　　　　　　　　　　　　　108008717

作　　者——張馨潔
責任編輯——張晶惠
創 辦 人——蔡文甫
發 行 人——蔡澤玉
出　　版——九歌出版社有限公司
台北市 105 八德路 3 段 12 巷 57 弄 40 號
電話／ 02-25776564・傳真／ 02-25789205
郵政劃撥／ 0112295-1

九歌文學網　www.chiuko.com.tw

印　　刷——晨捷印製股份有限公司
法律顧問——龍躍天律師 ・ 蕭雄淋律師 ・ 董安丹律師
初　　版——2019 年 7 月
定　　價——280 元
書　　號——F1311
I S B N——978-986-450-248-6